Guillaume Lebeau

25 mystères en chambre close

*Menez l'enquête,
étudiez les preuves et résolvez l'énigme !*

MARABOUT

À John Dickson Carr, orfèvre de l'énigme policière.
Et Paul Halter, son digne héritier.
Cette relecture moderne de nos classiques !

SOMMAIRE

INTRODUCTION

† À chaque problème, une solution

L'avatar le plus fascinant de la littérature policière d'énigme est sans conteste le mystère en chambre close. Depuis 1841 et le célèbre double assassinat dans la rue Morgue, concocté par Edgar Poe, les variations sur le thème du crime en local clos se comptent par centaines. En 1979, un chercheur britannique a répertorié dans une bibliographie quasi exhaustive mille deux cent quatre-vingts nouvelles et romans empruntant au sujet ! Il faut dire que ce défi intellectuel qui consiste à inventer l'impossible fascine les romanciers. Ils voient dans cet échafaudage de l'esprit la quintessence de leur art, une forme irréprochable d'enquête. « Le crime en chambre close constitue un alibi parfait, puisqu'il y a apparemment absence du coupable sur les lieux et au moment du geste fatal », expliquait John Dickson Carr dans son roman *La Chambre ardente.*

Des astuces mécaniques, des témoins à ne pas négliger, des trompe-l'œil, votre logique sera ici mise à rude épreuve. Ne l'oubliez pas, une énigme en chambre close est un jeu, souvent mortel. Une construction savamment agencée qui ne recule devant aucun artifice pour acculer dans ses retranchements le lecteur avide de découvrir qui peut être l'assassin.

Ludique, mais sérieux.

Rationnel, mais fantastique.

Ce genre que certains prétendent désuet n'a jamais cessé de prouver sa parfaite modernité. Puzzle mental éparpillé par les plus grands maîtres du crime, de John Dickson Carr à Pierre Boileau, dont les pièces ont été rassemblées par les plus grands enquêteurs, d'Hercule Poirot au Dr Gideon Fell en passant par Rouletabille, l'énigme en chambre close est un malin amusement qui confine au génie. Dans la peau de l'inspecteur dépassé par des événements plus qu'insolites, saurez-vous déjouer le savoir-faire des maîtres de l'illusion et du détournement d'attention ?

Aujourd'hui, c'est à toi, lecteur, de te frotter à vingt-cinq problèmes et de trouver, je l'espère, vingt-cinq solutions. « The game is afoot[1] ! », aurait lancé Sherlock Holmes.

1. Que l'on peut traduire par « La partie peut commencer ! », mais qui dans le langage de la chasse signifie « Le gibier est levé ! »

Jeu, set et match !

† Les prémisses

Tor Arinson était un coach sportif très demandé à New York. Aujourd'hui, il avait rendez-vous avec Jack River, un célèbre auteur de thrillers à succès. Il but un verre d'eau gazeuse et quitta le bar du tennis-club de Flushing Meadows, dans le district du Queens, à sept heures moins dix du matin, puis remonta les allées encore désertes qui bordaient des surfaces de jeu variées. Il arriva dans les temps face au court numéro 15, où devait le rejoindre son client.

Le temps n'était pas clément. Il avait plu toute la nuit et à présent, il bruinait. Tor se demanda s'il ne valait pas mieux annuler cette séance. Il regarda l'écran tactile de son téléphone portable, hésitant à composer le numéro de River, avant de remarquer une ombre qui tachait la terre battue, près du filet.

D'un pas rapide, il se dirigea vers la porte du court, ouvrit celle-ci grâce à son badge magnétique, puis courut jusqu'au milieu du terrain de jeu. Là, il découvrit, horrifié, le cadavre de Jack River en tenue de sport, étranglé par une écharpe en soie rouge. Trois balles jaunes posées, comme des points de suspension, près de sa tête…

Pris de nausée, Tor se releva. Un peu trop vite sans doute. Luttant contre le vertige naissant, il regarda autour de lui dans l'espoir de trouver du secours rapidement, mais à cette heure, il n'y avait pas âme qui vive. Son regard retomba sur le terrain où il devait entraîner River. Sur le sol détrempé, il remarqua deux sortes de traces : un trajet aller, compatible avec celui de la victime, et le double trajet de celui ou celle qui pourrait se révéler l'assassin de l'auteur de best-sellers. Il se promit d'en faire part aux enquêteurs, composa le 911 et alerta la police.

† L'enquête

Le crachin avait cessé de pourrir un début de journée déjà bien compliqué et le ciel s'affichait désormais bas et nuageux. La police avait débarqué sans tarder sur le court numéro 15. Les différents médias aussi, surtout les chaînes de télévision dont les camionnettes siglées et pourvues d'antennes paraboliques entouraient le tennis-club. Jack River était une star mondiale de la littérature policière. La nouvelle de sa mort avait fait grand bruit, non seulement à New York, mais dans tout le pays.

Tor Arinson était assis sur un banc, à l'extérieur du court, et répondait aux questions formulées par une enquêtrice aux longs cheveux bruns nommée Karla Sirki.

– Vous connaissiez bien M. River ? demanda-t-elle.

– Oui. Je l'entraînais depuis cinq ans, répondit Arinson, l'air attristé. Deux heures hebdomadaires de tennis…

– Vous êtes arrivé en avance aujourd'hui ?

– Non, juste à l'heure.

– Et vous n'avez rien remarqué d'anormal ?

– Non, jusqu'à ce que j'aperçoive le corps de Jack. La porte d'accès au court était fermée. Elle ne s'ouvre que grâce à un badge magnétique nominatif qui correspond à la période de location du terrain.

– Qui en disposait pour votre créneau horaire ?

– Seulement moi, pour une durée comprise entre 6 h 30 et 9 heures.

– L'heure du décès est estimée entre 6 h 30 et 7 heures. Cela fait de vous le coupable idéal ! s'exclama Karla Sirki.

– Vous allez vite en besogne ! Je suis arrivé à 7 heures passées de quelques secondes.

L'enquêtrice fit une moue sceptique.

– Rien ne le prouve…

– J'ai quitté le bar du tennis-club à sept heures moins dix. Jim, le serveur, pourra vous le confirmer.

– Nous allons vérifier.

– Faites donc.

– Si personne d'autre ne pouvait accéder au court, comment M. River a-t-il eu accès au terrain ? Et son meurtrier ?

– Ils ont pu grimper au grillage, répondit Tor, encore abasourdi qu'on le soupçonne.

– Hum, nous n'avons relevé que les traces de pas d'une seule personne et elles se dirigent vers le centre du court, là où Jack River a été tué.

– Il y avait d'autres traces de pas ! Vous les avez analysées ?

L'enquêtrice ne répondit pas. Elle garda le silence quelques secondes, qui parurent à Tor une éternité tant il était sous pression.

– Vous restez mon suspect principal, soupira-t-elle finalement, presque à regret.

– Vous oubliez de vous demander à qui profite ce crime ! s'offusqua Tor. Intéressez-vous plutôt à Kimberly Arentz. C'est elle qui va hériter de la fortune de Jack ! D'autant plus qu'ils étaient sur le point divorcer…

Karla Sirki haussa les épaules et cligna des paupières, comme si elle avait déjà envisagé cette piste trop évidente. Elle balaya du regard la foule de curieux qui se pressaient derrière le cordon de sécurité dressé par ses collègues. Un jeune homme l'intrigua. Il avait des lunettes aux montures épaisses et portait un exemplaire du dernier roman de Jack River. Elle voulut lui faire signe d'avancer, mais la silhouette s'éclipsa. Karla haussa les épaules et songea qu'elle devait accorder moins d'importance à ses intuitions.

– Les traces de pas retrouvées sur la terre battue du court indiquant l'éventuel trajet aller-retour qu'aurait pu effectuer le meurtrier correspondent effectivement à une pointure de petite taille, reconnut-elle.

– Vous voyez ! s'exclama Tor.

– Il s'agit d'une pointure d'enfant, âgé d'environ huit ans ! Et certainement antérieures au meurtre. En revanche, le terrain, tout autour du corps, est piétiné comme à la suite d'une bagarre… Et un morceau de tissu, probablement une écharpe, a été déchiré…

– Peut-être par M. River, en essayant de lutter contre son agresseur ?

– Le plus étrange, c'est que pour réussir son coup, l'assassin a dû sauter par-dessus le grillage qui enserre le court et ensuite voler au-dessus de la terre battue pour ne pas y imprimer ses semelles.

– Et les autres traces de pas ? demanda Tor.

– Le trajet aller qui part de la porte et se termine à l'endroit exact où le crime a été perpétré ? Il correspond à l'empreinte et à la taille des chaussures de sport de Jack River, répondit l'enquêtrice en passant sa main dans ses longs cheveux. Aucun doute là-dessus.

Kimberly Arentz-River, une blonde platine au visage remodelé par la chirurgie esthétique, fit brusquement irruption non loin de la scène de crime. Hystérique, la quinquagénaire se mit à hurler :

– Je veux voir Jack !

– Calmez-vous, madame River, intervint l'enquêtrice.

– Où est le corps de mon mari ?

– Je vais vous conduire auprès de lui, répondit calmement Karla Sirki.

– Qu'est-ce qu'il fait là, celui-là ? s'étonna Kimberly en désignant le moniteur de tennis. C'est lui, le coupable ! Ça fait des mois qu'il essaye de convaincre mon époux de me quitter. Il lui a même présenté une jeune escort-girl !

– Jack n'avait pas besoin d'entremetteur, rétorqua Tor en levant les yeux au ciel. Il s'ennuyait à mourir avec vous, c'est tout. Pas étonnant qu'il ait cherché ailleurs…

– Play-boy de pacotille ! Proxénète ! Combien lui as-tu soutiré ? poursuivit Kimberly, hors d'elle.

– Et vous ! Combien sa mort va-t-elle vous rapporter ? Pratique à la veille d'un divorce d'empocher l'intégralité du pactole ! s'énerva Tor, qui commençait à perdre patience.

– Stop ! ordonna l'enquêtrice en s'interposant. Ça suffit !

Tor formula des excuses. Pas Kimberly, qui s'aventura sur le court en direction du cadavre de son mari sans qu'on l'y invite.

Karla Sirki ne savait plus quoi penser, quand elle entendit une autre voix de femme qui manifestait son mécontentement. Il s'agissait de Gabriela Marquez, l'épouse du gardien du club de tennis. Sous un abri, elle étendait son linge non loin du court numéro 15, près du logement de fonction qu'occupait le couple. L'enquêtrice, intriguée, alla sa rencontre.

– Police, fit-elle, arrivée à sa hauteur.

– Oh bah, fallait pas vous déplacer pour ça ! s'exclama Gabriela, flattée qu'un représentant de l'ordre intervienne aussi vite.

– Que se passe-t-il ?

– On m'a volé une corde à linge, répondit Gabriela, sa panière à la main. Ce n'est pas bien grave, mais c'est râlant.

Les rouages de la mécanique intellectuelle de Karla, jusque-là paralysés par un manque d'informations, se mirent en marche. Et si Jack River avait été tué à distance ?

L'ENQUÊTRICE COMMENÇAIT À ESQUISSER LE PLAN QU'AVAIT CONCOCTÉ LE MEURTRIER DE JACK RIVER. ET VOUS ?

SOLUTION P. 176

De la suite dans les idées

† Les prémisses

En cette brumeuse soirée, les collines d'Hollywood semblaient décidées à écraser sous leur ombre la ville de Los Angeles. Seules les tours de Downtown repoussaient encore cette menace, avec toute leur arrogance de verre et de béton. Les artères de la Cité des Anges, gorgées de voitures, irriguaient les banlieues lointaines, tandis que les lumières artificielles s'opposaient à la nuit. C'est autour du Chinese Theater que les néons clignotaient avec le plus de frénésie. Étincelants. Clinquants. Kitschs et modernes à la fois. Sous leur feu, les palmiers projetaient une ombre de mauvais augure sur Hollywood Boulevard et le Walk of Fame. Les touristes y étaient encore nombreux, arpentant les trottoirs étoilés, cherchant, tête baissée, les grands noms du cinéma figés pour l'éternité dans un ciment imitant le marbre.

Oliver Bernstein tenait la main de sa femme, Kathy. Celle-ci prenait en photo l'étoile rose à cinq branches, au contour en laiton, gravée du nom de Judy Garland. Ils étaient en voyage de noces et partaient le lendemain pour Hawaï. Oliver, dont la nuque s'était raidie à force de regarder ses pieds, leva la tête avec l'intention de faire craquer ses vertèbres. Il ne comprit pas tout de suite ce qui, en provenance du ciel ténébreux, fondait sur lui. Paniqué, il poussa sa jeune épouse qui tomba à la renverse à un mètre de lui.

Deux secondes après ce réflexe salvateur, il regarda, horrifié, le corps d'une femme s'écraser sur Judy Garland, Charlie Chaplin et Steven Spielberg.

† L'enquête

La victime se nommait Marsha Room, une architecte d'intérieur renommée dans le monde entier, que toute la jet-set s'arrachait pour aménager les somptueuses villas de Beverly Hills ou de Santa Monica. Descendue à l'hôtel Babel situé sur Hollywood Boulevard, juste devant l'étoile de Judy Garland, elle est morte sur le coup des blessures consécutives à une chute de trente étages. Les premières conclusions des enquêteurs du LAPD, Los Angeles Police Department, ainsi que le rapport provisoire d'autopsie, confortent la thèse selon laquelle Marsha Room aurait volontairement mis fin à ses jours en se jetant dans le vide.

L'hôtel Babel semble coutumier de ce genre de drames. Depuis 1969, une trentaine de suicides s'y sont produits. Toutes les victimes occupaient la suite 913. À chaque fois, porte et portes-fenêtres étaient verrouillées de l'intérieur et aucune trace de lutte n'a jamais été retrouvée. Il n'en fallait pas moins pour que la presse à scandales surnomme le Babel la « Tour infernale ». Et que la police locale, surchargée, s'accommode d'élucidations imparfaites. Car, après tout, les victimes n'ont-elles pas toutes laissé un parfait petit mot d'adieu dactylographié derrière elles ? Alors pourquoi chercher plus loin ?

Seul l'inspecteur à la retraite Mark Goodis doute, envers et contre tous, de ces suicides par défenestration. Il est persuadé que Marsha Room est la trente et unième victime d'un criminel redoutable, de celui qu'il a surnommé « le tueur en série de la suite 913 ». Et aujourd'hui, il est bien décidé à mettre un point final à un mystère vieux de quarante-trois ans. Car Marsha Room, victime d'une rupture d'anévrisme deux ans auparavant, était devenue dyslexique. Et n'aurait donc pu rédiger une lettre d'adieu sans fautes. C'était la preuve qu'attendait Goodis pour mettre son plan à exécution.

Goodis se présente à l'hôtel incognito, en tant que client, et demande à dormir dans la suite mortelle. Il connaît parfaitement les lieux. Les risques aussi. La suite offre une superficie de trente mètres carrés. Elle possède un lit *king size*, large d'un mètre quatre-vingts et long de deux mètres, impossible à déplacer compte tenu de l'espace disponible. Outre la fenêtre, depuis laquelle se sont censément jetées les victimes, la suite 913 dispose d'une porte-fenêtre condamnée par l'imposant lit et donnant également sur la rue. Goodis sait aussi que la salle de bains ne possède qu'une toute petite ouverture destinée à l'aération, totalement inappropriée au passage d'un homme ou d'une femme.

L'ancien inspecteur s'assied dans un fauteuil et contemple le parquet en points de Hongrie. Le soleil vient frapper les lames fraîchement cirées. Goodis remarque pour la première fois de discrètes rayures en arc de cercle qui correspondent à un frottement régulier. Il téléphone au room-service.

– Vous déplacez souvent le lit de la chambre 913 ?

– Non, monsieur. Jamais depuis que je suis là. Ce lit est trop imposant. Un homme n'y suffirait pas.

– Et vous travaillez au Babel depuis quand ?

– 1967, monsieur.

– Il y a beaucoup de clients qui y résident à l'année ?

– Une bonne dizaine, monsieur. Mais je ne suis pas autorisé à vous divulguer leur identité.

– Ce n'est pas grave, merci.

Goodis raccroche, l'air satisfait. Son regard s'attarde sur les moulures qui encadrent la porte de la salle de bains et celles de la porte-fenêtre située derrière la tête de lit en velours rouge capitonné. Il sourit, puis extirpe de son sac de voyage un télémètre laser, appareil permettant de mesurer avec précision les distances.

Goodis griffonne les cotes obtenues sur une feuille de papier et trace un plan de la suite. Le verdict est sans appel, le lit ne peut être déplacé, il manque trente centimètres pour libérer pleinement l'accès à la porte-fenêtre. Énervé, l'ancien inspecteur se dirige vers la fenêtre, dont la serrure a été condamnée depuis le troisième « suicide », le 11 décembre 1971. Il soupire et retourne près du téléphone.

– C'est encore moi. Dites, est-ce que la fenêtre de la suite 913 peut s'ouvrir ?

– Nous avons une clé et nous aérons une fois par jour lorsque la chambre est inoccupée.

– Vous me confirmez donc qu'aucun client ne peut l'ouvrir ?

– Je suis catégorique, monsieur. Seul le personnel d'étage possède la clé. C'est exactement ce que j'ai répondu à la police.

– Savez-vous pourquoi la porte-fenêtre a été occultée par le lit ?

– Excusez-moi, monsieur, mais il s'agit d'une bien curieuse question.

– Savez-vous pourquoi, oui ou non ?

– Elle donnait sur un balcon dangereux. Ce dernier a été détruit en 1969, et pour empêcher les accidents, la direction a choisi de placer cet énorme lit devant.

– Pourquoi ne pas l'avoir murée ?

– Cette suite est mal exposée. Je suppose que la direction souhaitait préserver la lumière.

– Merci pour ces précisions.

– À votre service, monsieur.

Goodis raccroche. Il grimace et fouille dans le minibar. Il constate que la liste des snacks et boissons est entièrement disponible. Selon les rapports d'enquête, il manquait toujours une bouteille d'eau après chaque suicide. *Pourquoi boire de l'eau avant d'en finir ? Pourquoi se tuer quand la vie semble vous sourire ? Et surtout, comment se jeter par une fenêtre fermée ?* s'interroge-t-il mentalement avant de s'allonger sur le lit.

Goodis esquisse un vague sourire.

IL CONNAÎT DÉSORMAIS LES RÉPONSES À CES QUESTIONS. ET VOUS ? LA SEULE INCONNUE DEMEURE L'IDENTITÉ DU MEURTRIER. MAIS L'ANCIEN INSPECTEUR SAIT QU'ELLE SERA RÉVÉLÉE LE SOIR MÊME.

SOLUTION P. 177

Le miroir aux alouettes

† Les prémisses

Marc Valentin salua les deux hôtesses d'accueil, passa son badge sur le lecteur qui contrôlait l'ouverture du tourniquet, puis emprunta l'ascenseur conduisant au dernier étage de l'immeuble qui abritait le siège social de Cinémax, un ensemble de chaînes de télévision thématiques françaises à dominante cinéma.

Comme chaque matin, le stagiaire apportait le café aux cadres de cette entreprise audiovisuelle. Le jeune homme était un peu plus en avance que d'habitude, la faute à son chat qui l'avait réveillé à 5 heures en urinant sur la couette. Marc soupira en regardant le carton rempli de gobelets de café qu'il portait à bout de bras et bâilla sans pouvoir mettre la main devant sa bouche.

La porte de l'ascenseur s'ouvrit. Il traversa une succession de couloirs déserts qui ouvraient sur des bureaux vides. Il était comme seul au monde. Marc trouva cette sensation agréable et en profita pour admirer quelques-unes des affiches de films d'action et d'horreur superbement encadrées qui décoraient les cloisons.

Devant la porte vitrée qui permettait l'accès à la salle de réunion, les semelles de ses chaussures de sport s'enfoncèrent dans la moquette rouge sombre, apparemment trempée. Marc songea que la personne en charge du nettoyage avait shampouiné le couloir la veille et tourna la poignée. La porte refusa de s'ouvrir. Marc s'en étonna. Elle n'était jamais fermée. Il insista. En vain. Il posa le carton encombrant sur un gros photocopieur et entreprit de scruter l'intérieur de la salle de réunion. Rapidement, son regard tomba sur quelque chose qui le terrifia et le fit reculer promptement. Au milieu de la pièce, le corps de Carina Blum, rédactrice en chef des chaînes Cinémax, était pendu à une corde et se balançait lentement. Marc pensa immédiatement à un suicide, avant de donner l'alerte. Et vous ?

† L'enquête

Le commissaire Paglioni buta dans un mètre déroulant qui traînait sur le sol, puis saisit un gobelet de café qui reposait dans un carton posé sur un photocopieur et entra dans la salle de réunion dont son équipier, l'inspecteur Ruck, avait forcé la serrure. Dans chacune des affaires qui lui étaient confiées, Paglioni insistait pour être le premier à visiter la scène de crime. Il ne faisait pas confiance aux gars de la scientifique. Trop rationnels, trop focalisés sur l'évidence pour laisser leur esprit vagabonder sur des indices plus subtils. Il but une gorgée de café, froid, et grimaça. L'arabica était corsé.

Dans la salle de réunion, une sensation de chaleur l'étreignit soudain. Il ouvrit sa veste en cuir en se demandant pourquoi il faisait si chaud tout à coup. Surtout que dehors, le temps était au beau fixe depuis une bonne semaine. Paglioni regarda, à travers les larges baies vitrées, le soleil qui brillait au-dessus de Boulogne-Billancourt, puis revint à sa principale préoccupation.

– Qui est cette malheureuse ? demanda-t-il en regardant le corps suspendu au milieu de la pièce.

Le lien qui enserrait le cou de la jeune femme était une corde de marine de faible diamètre, accrochée à une structure métallique située sous une plaque du faux plafond. Celle-ci avait été déposée et reposait au sol non loin du cadavre forcément immobile.

– Carina Blum, rédactrice en chef des chaînes Cinémax, répondit Ruck. Elle présentait un certain nombre de magazines, dont *Angle mort* sur Cinémax Premier…

– Je ne regarde pas la télévision, l'interrompit Paglioni en terminant son café. Ça m'empêche de réfléchir.

– C'était une très belle femme…

– C'est maintenant une très belle morte, soupira Paglioni, laissant un court silence s'installer entre lui et son équipier.

– Il s'agit clairement d'un suicide, reprit Ruck en enfilant des gants en latex. Je crois que ce n'est pas la peine d'y passer la journée.

– Il ne faut jamais se fier aux apparences. Vous devriez le savoir, depuis le temps, marmonna le commissaire en observant la moquette sous la victime.

Une grande auréole tachait la fibre synthétique à cet endroit.

– Ça a l'air récent. Des fluides corporels ? interrogea Ruck.

– Je ne pense pas.

– L'analyse nous le dira.

Paglioni fronça ses sourcils broussailleux et chercha un endroit où poser son gobelet vide.

– Il n'y a pas de meubles, ici ? interrogea-t-il.

– Selon le stagiaire qui a trouvé le corps, des travaux de rénovation vont avoir lieu. La salle a été déménagée plus tôt que prévu.

– Compte tenu de la hauteur du plafond, comment a-t-elle pu se pendre sans l'aide d'une chaise ou d'une table ? continua Paglioni.

– Je n'y avais pas songé…

Le commissaire se dirigea vers le thermostat qui régulait la température et regarda le petit écran à cristaux liquides qui indiquait la température.

– Le chauffage est à fond. Vingt-sept degrés, c'est beaucoup pour un espace de travail.

– C'est exact, et la chaleur accélère la décomposition du cadavre, chef. Il serait peut-être temps de laisser entrer l'équipe, s'inquiéta Ruck.

– Encore quelques minutes, réclama son supérieur. Dites, vous qui regardez la télé, cette Carina Blum, elle avait des rivales ?

– Je ne lis pas la presse people, répondit son subordonné en haussant les épaules.

– Ce n'est pas ce que je vous ai demandé.

L'inspecteur réfléchit un instant en se mordillant les lèvres. Soudain, son regard s'illumina.

– Vous pensez qu'il s'agit d'un homicide ?

– Je n'ai aucune certitude, mais beaucoup de doutes, murmura Paglioni.

– S'il s'agissait d'un meurtre, comment expliquer que la porte soit verrouillée de l'intérieur ? objecta Ruck qui connaissait la puissance d'esprit de Paglioni.

– Ce subterfuge n'est pas le plus difficile à éclaircir. Le fait que la clé a été retrouvée non loin du cadavre ne me pose aucun problème…

– Un assassinat implique que la victime a été assommée avant d'être pendue. On trouvera donc des contusions au niveau de la tête.

– Ces dernières ne prouveront rien. Elles pourraient être attribuées à la victime elle-même qui se serait blessée durant la manœuvre, expliqua Paglioni. Je dois trouver des indices plus probants, voire des preuves irréfutables…

– Vous oubliez un ultime détail, intervint Ruck, sceptique. Nous sommes au dernier étage et il n'y a aucune autre issue. Les fenêtres sont condamnées. Si meurtrier il y a, c'est un fantôme !

– Ruck, les fantômes, ça n'existe pas.

– Ça dépend si on y croit ou pas !

– Je n'y crois pas. D'ailleurs, voici la clé de la porte ! s'exclama Paglioni en ramassant l'objet à l'extrémité de la pièce opposée à la porte.

– Ce qui confirme que la victime s'est bel et bien enfermée ! exulta Ruck. Non ?

Paglioni ne répondit pas, battit en retraite et sortit de la salle de réunion. Dans le couloir, il s'accroupit et scruta une tache qui présentait de fortes similitudes avec celle observée sous le corps pendu de Carina Blum.

– Convoquez tous les cadres de l'entreprise ! ordonna-t-il en se redressant.

– Tous ?

– Sans exception.

– Les loups ne se tuent pas entre eux, objecta Ruck.

– Sauf quand le leadership de la meute est en jeu.

Paglioni avisa la longue file qui s'était formée devant lui. Toute l'équipe d'encadrement de Cinémax était là, au garde-à-vous. Même le dirigeant du groupe avait répondu présent. Certains pleuraient, sous le choc. D'autres se parlaient en chuchotant. D'autres, encore, arboraient des mines inquiètes.

– Mesdames, messieurs, vous savez que l'on vient de retrouver le corps de l'une de vos collègues pendu dans la salle de réunion, expliqua Paglioni. J'aimerais que vous me montriez la paume de vos mains.

L'ensemble du staff de Cinémax le regarda, interloqué. Le dirigeant du groupe, Paul Coste, un grand sec à l'air suffisant, essaya de protester, mais Paglioni le remit à sa place.

– Chef, vous êtes sûr de vous ? s'inquiéta Ruck, à voix basse.

– Le meurtrier de Carina Blum est ici et je vais le démasquer, se contenta de répondre Paglioni.

Il commença son inspection, passant en vitesse sur les premiers de la file, qui, les uns après les autres, laissèrent retomber leurs bras le long de leur corps. Le commissaire s'attarda un instant sur les mains du directeur adjoint de Cinémax Frisson, un beau brun ténébreux. Puis, l'air mécontent, il poursuivit son passage en revue aux allures militaires. Il s'immobilisa une nouvelle fois devant une jolie jeune femme, à la carrure athlétique, analysant longuement les rougeurs qui recouvraient l'épiderme de ses mains.

AVAIT-IL TROUVÉ LA COUPABLE ?

SOLUTION P. 179

Fenêtre sur cour

† Les prémisses

Steven Kelig était journaliste au *News of the Day*, spécialisé dans les faits divers. Plus grand-chose n'étonnait ce blasé des meurtres sordides, des accidents pitoyables, mais aussi des chiens et des malades d'Alzheimer écrasés. La quarantaine passée, il envisageait même de changer de métier, tant il commençait à s'ennuyer. Une reconversion en détective privé lui semblait totalement envisageable, d'autant que cette nouvelle activité lui garantirait une dose d'adrénaline quotidienne. Et puis il avait un don, un truc de limier qui n'appartenait qu'à lui. N'avait-il pas plus d'une fois aidé les enquêteurs du NYPD, New York Police Department, à résoudre des affaires plus que retorses ?

Comme chaque matin, Steven buvait son café et mangeait un pancake au *Cosmic Dinner* sur la 8e Avenue. Alors qu'il s'apprêtait à inonder l'épaisse crêpe de sirop d'érable, son téléphone portable se mit à vibrer sur la table en Formica.

– On vient de retrouver Martine Kampar, la directrice du personnel de Woolclub, la grande chaîne de prêt-à-porter, morte dans son loft ! hurla la voix de son rédacteur en chef.

– En quoi ça me concerne ? répondit Steven en découpant consciencieusement une part de pancake.

– Cette mort n'est pas ordinaire.

– Mais encore ? insista Steven en mâchant bruyamment.

– Appartement ultra-sécurisé, situé au dernier étage d'un immeuble cossu, fermé de l'intérieur, fenêtres blindées verrouillées... Aucune arme n'a été découverte.

– Et ? fit Steven en déglutissant.

– Dans ces conditions, comment une balle a-t-elle pu lui transpercer le cœur ?

† L'enquête

Ça se bousculait dans le hall de l'immeuble où avait été retrouvé le cadavre de Martine Kampar. Les flics étaient là, la presse aussi. Deux équipes de télévision tentaient de se frayer un chemin. Steven Kelig évita l'escalier, esquiva la foule contenue par une haie de policiers en uniforme et fit signe à une de ses connaissances, le capitaine Will Murphy. Ce dernier, un grand gaillard aux cheveux blonds, s'apprêtait à emprunter l'ascenseur réservé aux forces de l'ordre.

– Will, ça te dérange si je grimpe avec toi ? hurla le journaliste dans un crépitement de flashs.

– Steven ? Qu'est-ce que tu fiches là ?

– Un meurtre impossible, c'est ma came, répondit le journaliste en entrant dans la cage d'ascenseur. Surtout quand la victime est Martine Kampar, la directrice du personnel de Woolclub. Le groupe va mal. La semaine dernière, la direction de Woolclub a proposé un plan drastique de licenciements.

– Puisque tu t'imposes... plaisanta le policier en appuyant sur le bouton de l'étage de destination.

– Au treizième ? s'étonna Steven.

– La phobie du treize prive souvent nos buildings de cet étage, et bien des palaces de chambre ou de table numéro treize, répondit Will en haussant les épaules. Mais l'architecte de cet immeuble n'était peut-être pas superstitieux !

– En tout cas, ça n'a pas porté chance à Mrs. Kampar.

– Miss, tu veux dire, corrigea le policier alors que les portes de l'ascenseur s'ouvraient sur le couloir conduisant au loft de la victime.

Steven remarqua le digicode accroché sur l'encadrement de la porte d'entrée.

– Une maniaque de la sécurité, expliqua le policier. Pour ouvrir, il fallait qu'elle compose une série de trois chiffres et de trois lettres, mais aussi qu'elle valide l'empreinte digitale de son pouce sur un scanner biométrique.

– Cette dernière précaution exclut toute intrusion étrangère, conclut le journaliste.

– En théorie, oui.

Steven pénétra discrètement dans l'appartement, où s'affairaient déjà de nombreux policiers et une équipe technique. L'endroit était chic. Style minimaliste et contemporain. La lumière naturelle pénétrait généreusement grâce aux grandes baies vitrées qui respectaient l'architecture d'origine du bâtiment industriel. Cet apport de luminosité, un sol en ciment coloré et des murs en brique de parement ne parvenaient pourtant pas à briser la froideur aseptisée qui émanait des lieux. Le loft faisait deux cents mètres carrés et Steven estima la hauteur sous plafond à environ quatre mètres. Tout à fait le volume qu'il aimerait habiter un jour. Quand ses riches clients s'arracheraient ses services de détective privé.

Steven progressa dans ce luxueux intérieur sans se faire remarquer, en photographiant mentalement le moindre détail, l'écran plat gigantesque, la machine à expressos sortie des ateliers de Guido Bezzera…

Au sol, sous une fenêtre, on avait tracé le contour du cadavre de l'ancienne propriétaire des lieux dans la position où elle était tombée. Du sang maculait encore ce périmètre macabre qui n'était pas recouvert de ciment mais de parquet en chêne clair.

– Une balle en plein cœur, calibre 7,62 mm, vraisemblablement tirée par un fusil de précision, expliqua Will.

– Du boulot de sniper ? interrogea Steven en regardant la vue sur Brooklyn à travers la vitre de la fenêtre.

– C'est la thèse que les experts de la balistique soutiennent. Sauf que la fenêtre était verrouillée quand on a découvert le corps et que le verre est blindé.

– Le tireur aurait pu s'embusquer dans cet immeuble, là-bas, fit remarquer Steven en pointant du doigt l'édifice.

– Impossible, je te dis. Nous n'avons trouvé aucun impact ! La balle aurait traversé la vitre et…

– Qu'est-ce que c'est que ça ? l'interrompit le journaliste en s'accroupissant.

Il pointa du doigt une marque noire sur une lame de parquet, située à proximité de la main silhouettée de la victime.

– Une brûlure due à un mégot de cigarette, une blonde avec bout filtre. Elle fumait sans doute quand elle a été abattue.

– Elle fumait, tu dis ?

– Ce n'est qu'une supposition.

– Curieux, les détecteurs de fumée ne se sont pas mis en marche ? demanda Steven en se relevant et en regardant le plafond pourvu de ce type d'appareil.

– Non, les rapports sont formels. Aucune alarme ne s'est déclenchée, répondit le policier, fasciné par l'acuité de Steven.

– Cette fenêtre ne s'ouvre vraiment pas ? s'inquiéta ce dernier en inspectant minutieusement l'encadrement de celle-ci.

– Nous attendons les plans de l'architecte, il semble que ce loft soit bourré d'électronique.

– Hum, de la domotique…

– De la domo quoi ?

– Il s'agit de l'ensemble des techniques permettant de centraliser le contrôle des différents applicatifs de la maison : système de chauffage, volets roulants, porte de garage, portail d'entrée…

– Fenêtre, ajouta Will machinalement, sans véritablement comprendre où Steven voulait en venir.

– Avez-vous trouvé quelque chose sur le cadavre ?

– Rien de remarquable, soupira le policier.

– Tu es sûr ?

– Ah si, juste à côté d'elle, une tablette tactile, brisée, possiblement lors d'un choc dû à la chute.

Steven enjamba la silhouette, comme si le cadavre de Martine Kampar était toujours là. Son visage était fermé et prouvait s'il en était besoin qu'il maintenait une extrême concentration. Il passa la pulpe de son index sur la surface vitrée et esquissa un rapide sourire.

– Non seulement, je tiens un scoop, mais je crois que j'ai compris ce qui s'est passé, murmura-t-il.

COMMENT LE JOURNALISTE A-T-IL ÉLUCIDÉ CETTE ÉNIGME ?

SOLUTION P. 181

L'HOMME DE LA MONTAGNE

† Les prémisses

Pascale Paretz, une randonneuse chevronnée, attaquait ce matin le chemin de la Girolle qui la conduirait, après huit cents mètres de dénivelé, jusqu'au sommet du mont Perbroux culminant à mille deux cents mètres d'altitude. L'aube radieuse de ce tout début de printemps, l'air pur de la montagne, lui laissaient penser que cette marche s'annonçait sous les meilleurs auspices.

Après trois heures d'ascension non-stop, Pascale s'arrêta pour boire, manger un sandwich, des fruits secs, et reprendre quelques forces. Assise sur un promontoire rocheux, elle admira le paysage somptueux fait de pics encore enneigés et de vallées profondes et verdoyantes qui se déroulait devant elle.

Soudain, un bouquetin fit son apparition en contrebas. Amusée, elle suivit les cabrioles de l'animal, s'émerveillant de son agilité et de sa capacité à se jouer du vertige. Jusqu'à ce que son regard tombe sur une masse sombre qui gisait sur le sentier d'une via ferrata, une trentaine de mètres plus bas. Prudemment, elle s'encorda et descendit, avec la ferme intention de secourir ce qu'elle imaginait être un blessé.

Pascale trouva bien un homme, vêtu en tenue de chasse, mais il était mort, figé dans une étrange pose. Allongé sur le dos, les mains croisées devant son visage.

Tout près de lui se trouvait une arme à feu, un fusil. Par prudence, Pascale vérifia les deux canons de l'arme : les étuis des deux cartouches qu'ils contenaient étaient vides. L'homme avait donc tiré deux fois ; pourtant, il n'arborait aucune blessure. Après avoir remarqué que les mains et les parties apparentes du visage du chasseur étaient légèrement violacées, Pascale alerta les secours de haute montagne grâce à son téléphone portable. Croyante, elle remercia sincèrement Dieu de lui avoir accordé un peu de réseau en cet endroit désolé du monde.

† L'enquête

La fin de la journée était proche et l'ombre projetée par le massif montagneux avait déjà enseveli une bonne partie de la vallée. Géraldine Paillas, secouriste de haute montagne, arriva en rappel sur les lieux de l'accident et y trouva Pascale Paretz assise contre la paroi rocheuse. Face à la randonneuse au visage fermé, un cadavre reposait sur le dos.

– Vous allez bien ? s'inquiéta Géraldine.

– Mieux que lui, répondit Pascale en esquissant un pâle sourire.

– Nous avons fait le plus vite possible.

– Pas de problème, souffla Pascale.

– L'équipe est en haut. Je viens évaluer la situation.

– Je faisais la rando du chemin de la Girolle et…

– Belle balade, l'interrompit la secouriste.

– C'est un bouquetin qui m'a permis de localiser ce pauvre monsieur, expliqua Pascale, qui avait du mal à contenir son émotion.

– Vous le connaissez ? demanda la secouriste en s'agenouillant près de la victime.

Elle photographia le corps sous toutes les coutures à l'aide d'un petit appareil photo numérique. Après avoir pris une quinzaine de clichés, elle écarta les mains qui couvraient le visage de la victime.

– Il m'est parfaitement inconnu, répondit Pascale en raclant sa gorge sèche.

– Tant mieux, murmura Géraldine. C'est déjà assez dur comme ça pour vous…

La secouriste balaya le cadavre de son regard expérimenté. Ses vêtements de chasse n'étaient pas déchirés ni même éraflés. Cet homme n'avait donc vraisemblablement pas chuté. Si tel avait été le cas, les rochers saillants et coupants de la paroi auraient laissé des entailles aux tissus et aux chairs.

À première vue, elle n'observa aucune blessure due à un choc ou à un coup de feu. *Bizarre*, songea-t-elle, habituée qu'elle était aux morts stupides, mais évidentes. Durant l'hiver, il y avait les touristes qui faisaient du hors-piste sans guide. Durant l'été, c'était au tour des alpinistes du dimanche qui partaient à l'assaut des glaciers en baskets et en tee-shirt. Et qui ne redescendaient jamais…

– Le fusil est à vous ? interrogea Géraldine.

Pascale scruta l'arme à double canon juxtaposé qu'elle avait déposée à ses pieds. Elle se demanda si la secouriste ne la soupçonnait pas d'un éventuel crime.

– Non, j'ai juste vérifié s'il était armé, confia-t-elle comme un aveu d'innocence.

– Vous n'auriez pas dû, murmura la secouriste. Il s'agit d'une pièce à conviction. La police ne va pas apprécier.

– Je voulais juste m'assurer que ce fusil ne présentait plus aucun danger. Je suis moi-même chasseuse, objecta Pascale.

– Bon réflexe, mais vous avez laissé vos empreintes et peut-être effacé celles d'un ou d'une autre.

– Je… Je ne savais pas…, bredouilla Pascale. Je n'y ai pas pensé.

La secouriste secoua mollement la tête et observa le visage du mort, ses pommettes, son nez et surtout ses oreilles. Elle détecta de grosses phlyctènes noirâtres : ces petites vésicules ulcéreuses indiquaient des gelures sévères de l'épiderme.

– Comment est-il mort ? demanda Pascale en se relevant.

– Difficile à dire pour l'instant, répondit Géraldine en extirpant le portefeuille de la victime d'une des poches de la veste de chasse en coton huilé.

Elle se mit à lire à voix haute les informations inscrites sur le permis de conduire.

– Roger Levallois, cinquante-trois ans, domicilié à Barre-le-Haut. Ça vous dit quelque chose ?

– Rien du tout, répondit Pascale en hochant négativement la tête.

– Bon, il va falloir l'évacuer. Vous pensez être capable de remonter seule ?

– Oui, je n'ai rien. Juste un peu sonnée par cette macabre découverte.

– On le serait à moins, confirma Géraldine.

– Au début, j'ai pensé à un accident de chasse. Ils sont fréquents dans la région !

– Je n'ai observé aucune blessure par balle, objecta Géraldine.

Pascale attrapa la gourde attachée à sa ceinture et but une longue gorgée de boisson énergisante.

– Ce qui est étonnant, c'est qu'un chasseur ait emprunté ce sentier dédié aux alpinistes. Il n'était pas équipé pour progresser sur cette via ferrata. Peut-être est-il tombé ? s'interrogea-t-elle en replaçant sa gourde.

– Aucune fracture, aucune trace laissant supposer un traumatisme crânien, commenta l'urgentiste. Il ne semble pas mort des conséquences d'une chute…

– Tout cela est bien étrange, soupira Pascale.

– Son thorax semble avoir été comprimé, mais il va falloir le sortir de là pour y voir un peu plus clair. On va l'héli-treuiller, expliqua la secouriste en déployant la nacelle ultra-légère en fibre de carbone qu'elle avait apportée avec elle.

Géraldine installa précautionneusement le cadavre, puis donna des instructions *via* son émetteur-récepteur. En surplomb, son équipe s'activa. Pascale regarda le soleil qui commençait à décliner derrière la ligne de crête masquant l'horizon. Elle se frotta vigoureusement les mains. Le froid, pas encore tout à fait édenté par la douceur printanière, se remettait à mordre.

L'hélicoptère s'immobilisa en vol stationnaire juste au-dessus du sentier qui longeait la paroi rocheuse. Ses pales tournoyaient et diluaient dans l'air une odeur de kérosène brûlé. Un filin en acier relié à un treuil motorisé descendit jusqu'à Géraldine qui s'en saisit et l'attacha à un mousqueton fixé sur la nacelle où reposait le corps de Roger Levallois. Une des mains du cadavre retomba hors de ce berceau sécurisé. En l'y replaçant, elle toucha la peau blanchâtre et froide. Un éclair fugace traversa son esprit.

LA SECOURISTE VENAIT DE COMPRENDRE COMMENT ÉTAIT MORT LE PAUVRE CHASSEUR. ET VOUS ?

SOLUTION P. 183

À COUTEAUX TIRÉS

† Les prémisses

Comme chaque matin, Stella revenait d'un long jogging qui l'avait conduite de haut en bas, puis de bas en haut du mont Boron, une colline située sur la partie est de Nice. Essoufflée, elle composa une série de chiffres sur le digicode du portail de sa villa, traversa le jardin paysager, s'étira près de la piscine à débordement qui donnait sur la Méditerranée, puis rentra par la baie vitrée ouverte du salon.

Stella ôta ses écouteurs, qui diffusaient une musique électronique diablement rythmée, et commença à se déshabiller avec la ferme intention d'aller prendre une douche. Soudain, des « Joyeux anniversaire, Stella ! » retentirent, lancés par une quinzaine d'amis proches qui venaient de sortir de leurs cachettes.

Stella, émue que tous aient pensé à fêter ses quarante ans, demanda à la joyeuse assemblée où était son mari, le célèbre peintre Juan de Iglesia. Tout le monde s'accorda pour dire qu'il devait se trouver dans son atelier. Stella déboula dans la grande pièce de travail éclairée par une gigantesque verrière, avec l'intention de faire participer son ours de mari à la fête improvisée par leurs amis.

Elle ne vit d'abord rien d'autre que la gigantesque toile en cours de réalisation, une représentation d'inspiration cubique des attentats du 11 Septembre. Stella grimaça. Elle n'aimait pas. Tout en progressant le nez en l'air, au milieu des tubes de peinture et des palettes souillées, elle buta soudain sur un obstacle. Son regard tomba. Stella ne put retenir un long cri aigu. Juan de Iglesia gisait mort, blessé au cœur. Son sang encore frais maculait une toile vierge en d'étonnantes arabesques.

† L'enquête

Fernand Solomon jeta un coup d'œil à la sublime piscine dont l'eau cristalline scintillait sous le soleil et laissait voir un fond recouvert d'une mosaïque bleue. La transparence le fascinait, car elle dissimulait tout aussi bien qu'elle laissait paraître. Dans son métier, c'était une alliée et une redoutable ennemie.

Solomon était inspecteur au SRPJ, service régional de la police judiciaire, de Nice. C'est à lui qu'avait été confiée l'enquête sur la mort du célèbre peintre Juan de Iglesia. Il s'en serait bien passé, car l'affaire se révélait particulièrement retorse.

L'artiste avait été poignardé en plein cœur dans son atelier, à une heure où étaient présents quinze de ses amis et son épouse. Pourtant, malgré la fouille minutieuse de la villa, l'arme du crime restait introuvable. Aucun des couteaux analysés, essentiellement dans la cuisine, ne correspondait à l'empreinte de la lame qui avait coûté la vie au peintre. Car le médecin légiste était formel, Juan de Iglesia avait succombé des suites d'une perforation de son muscle cardiaque par une lame particulièrement tranchante de quinze centimètres de long. Quant à l'assassin, il restait pour le moment indécelable.

Fernand Solomon abandonna à regret la piscine et gravit un petit escalier en pierre bordé de végétation. Il traversa une terrasse en teck sur laquelle s'alanguissaient des chaises longues en rotin et entra dans le grand salon où se trouvaient encore les quinze amis et l'épouse du peintre décédé. Le policier avait ordonné que tout ce petit monde reste confiné dans la villa le plus longtemps possible, coûte que coûte. Il en allait de l'élucidation rapide de cette enquête, dans laquelle, désormais, chaque minute était comptée.

– Madame de Iglesia ? demanda-t-il en s'avançant vers la quadragénaire sémillante qui se tenait devant une large cheminée au foyer endormi, un verre à la main.

– Je ne répondrai plus à aucune question, asséna-t-elle. Je veux sortir. Je veux voir mon mari.

– Inspecteur Solomon, je suis là pour retrouver le meurtrier de votre époux.

Le policier regarda les glaçons qui s'entrechoquaient dans le verre d'alcool blanc de la veuve. Sans aucune bulle d'air, ils étaient presque transparents.

– Il est forcément ici, murmura Stella en jetant un regard inquiet vers ses amis, qui s'étaient dispersés dans le salon.

– Je vous crois, répondit Solomon. À quelle heure êtes-vous rentrée ?

– Selon l'application « Jogging » de mon smartphone, à 11 h 30. Regardez, répondit Stella en tendant son téléphone portable. J'ai parcouru quinze kilomètres en une heure vingt-cinq minutes et vingt-six centièmes. Soit une moyenne de 10,53 km/h.

– Le meurtre a eu lieu entre 11 heures et 11 h 30.

– Ce qui m'innocente. Je me tue à le répéter à vos collègues !

– Rien n'est moins sûr, rétorqua Solomon.

– Comment osez-vous me soupçonner ? s'étonna Stella.

– Lorsque vous êtes arrivée, tous vos amis étaient-ils présents ? interrogea Solomon, sans tenir compte de l'indignation de son interlocutrice.

– Je ne les ai pas comptés ! Mais il me semble que Rémy n'était pas là. Enfin, je ne suis pas vraiment sûre... chuchota-t-elle.

– Qui est Rémy ?

– L'agent artistique de mon mari. Juan devait exposer à New York, en septembre. Il était en train de finir la dernière toile d'une série intitulée : 9/11. En référence aux attentats du 11 Septembre, se crut-elle obligée d'ajouter.

Un homme brun, mince, portant des lunettes aux fines montures en tungstène, regardait en direction de Stella et de Solomon. L'expression de son visage émacié était neutre. Il s'avança vers le policier.

– Je suis Rémy Martin, l'agent de Juan. Enfin, j'étais son agent. J'ai perçu des bribes de votre conversation et je souhaiterais répondre à votre interrogation.

– Je vous en prie, fit Solomon, intrigué.

– Je n'étais pas présent lors de l'arrivée de Stella parce que j'étais aux toilettes. Est-ce que cela fait de moi un assassin ?

– Non, répondit laconiquement Solomon. Mais ça ne fait pas de vous le champion des innocents.

– Nous sommes donc tous suspects ?

– Je le crains, répondit le policier.

– Il y a dans cette pièce un pâtissier de Vence, un bijoutier de Nice, un maître verrier de Biot, une artiste lyrique de Menton, un biathlète de Monaco… Tous sont des amis proches de Juan et Stella, pas des meurtriers, s'indigna Remy.

Solomon ne répliqua pas, gardant ce visage austère qui selon lui incarnait le mieux la Justice.

– Je vais repérer la scène de crime. En attendant, je vous demande à tous de bien vouloir encore patienter et de ne pas quitter la villa, lança-t-il à voix haute.

Des rumeurs de protestation s'élevèrent. Solomon n'en tint pas compte et s'éclipsa, abandonnant la petite communauté à la surveillance de ses hommes.

Dans l'atelier, l'inspecteur, fasciné, observa longuement la toile que Juan de Iglesia n'avait pas eu le temps d'achever, puis fit le tour de la pièce, baignée par le soleil qui frappait l'impressionnante verrière. L'endroit était artistement chaotique : des tubes de peinture écrasés, des pigments renversés, des pinceaux figés dans les mélanges… Une véritable explosion de couleurs ! Toujours dans des nuances de rouge. *Raccord avec le sang de l'artiste*, songea l'inspecteur en s'épongeant le front ruisselant de sueur avec un chiffon qui traînait près d'un chevalet en bois, sans songer que ce geste était tout sauf professionnel.

Il s'arrêta devant la carafe d'eau, hésita à se servir un verre. Il faisait chaud. Sa gorge était sèche. Un membre de son équipe entra, l'empêchant de désaltérer.

– Nous avons exploré une nouvelle fois toute la villa. Aucune trace de l'arme du crime, expliqua le policier en uniforme.

– Voilà qui commence à sérieusement m'agacer, souffla Solomon.

– Le meurtrier s'est sans doute enfui avec son arme.

– Le meurtrier est encore ici, j'en suis certain, asséna Solomon, sûr de lui.

– Nous avons fouillé chacun des amis de la victime et sa femme. Ça n'a rien donné. De plus, aucun ne porte de traces de sang sur lui… Le test au luminol est négatif pour tous ! Le Crime-Lite indique que dalle sur leurs vêtements. C'est la merde !

Solomon s'épongea de nouveau le front. Son regard se durcit.

– Bon sang, ce couteau n'est tout de même pas invisible ! s'exclama-t-il.

Il ferma un instant les yeux, comme pour méditer.

– À moins que… murmura-t-il en rouvrant les yeux.

QUEL DÉTAIL A BIEN PU METTRE L'INSPECTEUR SOLOMON SUR LA VOIE DE LA RÉSOLUTION DU MEURTRE ?

SOLUTION P. 184

Pas de fumée sans feu

† Les prémisses

L'ombre du donjon au sommet crénelé qui surplombait le château de Malveneuil se découpait dans l'aube naissante et brumeuse de la campagne vendéenne. Dans l'aile principale de cette somptueuse demeure du XVe siècle, Marc, l'homme d'entretien de la propriété, marchait d'un pas rapide dans un couloir voûté du rez-de-chaussée. Une fuite avait été détectée la veille dans la salle de bal par le propriétaire, le vicomte Henri de Redebord. Il fallait vite réparer avant la tempête annoncée pour la fin de la semaine.

Soudain, deux coups de feu déchirèrent le silence matinal des lieux. Marc localisa aisément leur provenance. Ils avaient été tirés depuis le cabinet de curiosités où Henri de Redebord entassait ses souvenirs de voyages et bien d'autres objets étranges.

Marc se précipita. Dans sa course, il croisa Magda, la nièce du vicomte, et Arsène, son mari. Tous les deux, affolés, avaient quitté sans réfléchir leur chambre. Marc croisa également Krysostome, le fils du vicomte et seul héritier. Ce dernier l'accompagna.

Parvenus devant le cabinet de curiosités situé dans la tour est du château, Krysostome proposa de se poster devant la porte-fenêtre pour empêcher un éventuel cambrioleur de sortir. Il revenait à Marc d'en ouvrir la porte, qui apparemment était fermée. Dehors, Krysostome posa son front contre la vitre froide et scruta l'intérieur de la pièce. Son souffle tiède embua le verre vieux de plusieurs siècles. Son regard ne tarda pas à découvrir son père et sa mère. Leurs corps étaient étendus sur le parquet. Le jeune homme ramassa une grosse pierre et la lança dans la vitre de la porte-fenêtre afin de rentrer dans ce cabinet de curiosités hermétiquement clos.

† L'enquête

La commissaire Pascale Gral conduisait une Mégane de fonction de couleur grise. Elle immobilisa le véhicule devant une grande grille en fer forgé et attendit que celle-ci s'ouvre automatiquement. Puis elle s'engagea dans une allée bordée d'arbres qui traversait un parc à la française et descendait vers le château de Malveneuil.

Elle se gara devant l'entrée principale, où l'attendaient ses collègues et Marc, l'homme d'entretien du domaine. Le soleil était levé depuis quelques heures, pourtant ses rayons ne parvenaient pas à passer par-dessus l'imposant donjon qui surplombait la cour d'honneur. Pascale jeta un rapide coup d'œil à l'édifice, avant de gravir rapidement une volée du perron qui conduisait à un large seuil.

– Commissaire Gral, se présenta la jeune policière en serrant la main d'un officier de gendarmerie qui l'attendait là et manifestement plus tôt. Je me suis perdue, ajouta-t-elle.

– Vous êtes nouvelle ? demanda ce dernier.

– Oui, je viens d'être affectée au commissariat de Cholet.

– Sans vouloir vous vexer, je pense que votre présence n'est plus utile, poursuivit le gendarme.

– Qu'avons-nous ? interrogea Pascale sans tenir compte de la remarque.

– On a retrouvé les cadavres du vicomte et de la vicomtesse de Redebord. Visiblement, il a tiré sur son épouse avant de se suicider. Affaire classée !

– Laissez-moi me forger mon opinion, objecta Pascale. Où se trouve la scène du crime ?

– Dans le cabinet de curiosités, répondit Marc.

– Vous pouvez m'y conduire ?

La commissaire Gral entra dans la pièce en poussant un petit cri d'étonnement. Les murs étaient tapissés de vitrines dans lesquelles s'entassaient des centaines d'objets insolites, depuis un ornithorynque empaillé jusqu'à une rose des vents.

– Les cabinets de curiosités existent depuis les XVIe et XVIIe siècles, expliqua Marc. Ce sont des pièces dans lesquelles on collectionne et présente une multitude d'objets rares ou étranges représentant les trois règnes : les mondes animal, végétal et minéral, en plus de réalisations humaines. C'était la passion du vicomte de Redebord !

La commissaire pénétra plus avant dans la mystérieuse pièce, bientôt rejointe par l'officier de gendarmerie.

– Ce sont monsieur, ici présent, et le fils du vicomte qui ont découvert les corps, expliqua-t-il, tandis que Pascale regardait les silhouettes blanches qui marquaient la position des cadavres sur le parquet.

– Y avait-il d'autres personnes ?

– Non, fit Marc en hochant négativement la tête.

– Avez-vous vu quelqu'un s'enfuir ?

– Non, madame, répéta l'homme d'entretien, sûr de lui. Il n'y avait que moi et Krysostome.

– Où se trouve ce dernier ? demanda la commissaire.

– Dans sa chambre. Il est très affecté, répondit Marc.

– Ça sent le tabac, commenta Pascale.

– Monsieur le vicomte aimait fumer le cigare, particulièrement dans ce cabinet.

– C'est l'arme du crime, je suppose ? demanda la commissaire en désignant sur le sol un vieux pistolet marqué d'une étiquette.

– Oui, une antiquité, mais diablement efficace. Un pistolet de poche double canon deux coups à poudre, précisa Marc. Un cadeau de feu le père de monsieur le vicomte.

– Avec les empreintes du vicomte, ajouta l'officier de gendarmerie.

Pascale réfléchit un instant en fixant un crocodile empaillé suspendu au plafond.

– Combien cette pièce possède-t-elle d'issues ? demanda la commissaire.

– Trois. Une porte donnant sur le vestibule et deux portes-fenêtres ouvrant sur le jardin. Toutes munies de verrous, répondit l'homme d'entretien.

– Pourquoi ces questions ? L'affaire est limpide comme de l'eau de roche, objecta l'officier de gendarmerie qui avait bien du mal à dissimuler son énervement.

– Quand nous sommes arrivés, Krysostome et moi, toutes ces issues étaient fermées de l'intérieur, ajouta Marc sans qu'on ne lui ait rien demandé.

– Le cabinet était donc hermétiquement clos, murmura la commissaire.

– Oui, se crut obligé de répondre l'homme d'entretien.

– Bien, je vais entendre ce qu'a à dire ce Krysostome, et ensuite je vous expliquerai pourquoi cette pièce n'était pas hermétiquement fermée, lança la policière en sortant du cabinet.

Krysostome de Redebord était un jeune homme longiligne, pas vraiment beau, pas vraiment laid non plus. Il était assis sur le lit à baldaquin qui trônait contre une cloison tapissée de sa grande chambre située au premier étage du château. Ses yeux étaient rouges. *Il a sans doute beaucoup pleuré*, songea Pascale Gral avant de le questionner.

– Vos parents s'entendaient-ils bien ?

– Non, répondit laconiquement Krysostome.

– Vous pouvez m'en dire plus ?

– Ils n'arrêtaient pas de s'engueuler.

– Pour quelles raisons ?

– Pour tout. Pour rien. Ma mère ne voulait plus habiter ici. Elle en avait assez. Pour mon père, il était totalement inenvisageable de partir.

– Qui voudrait quitter un pareil endroit ? s'étonna la commissaire en observant autour d'elle.

La pièce n'avait rien d'une chambre de jeune homme, mais ressemblait à une luxueuse chambre d'hôtel. Pascale remarqua un carton de cibles identiques à celles sur lesquelles elle s'entraînait au stand de tir.

– Ce château est une ruine. Et c'est aussi un gouffre financier… Vous n'imaginez pas ce que ça coûte d'entretenir une demeure de cette taille. Mais c'était la marotte de mon père. Il y a consacré vingt ans de sa vie ! Et une part colossale de sa fortune…

– Quand vous êtes entré dans le cabinet en fracassant une vitre avec une pierre, avez-vous remarqué de la fumée ?

– Non, répondit Krysostome, surpris par cette question impromptue.

– Vous en êtes certain ? insista la commissaire. Avez-vous senti une odeur particulière ?

– Écoutez, j'étais sous le choc de la découverte des cadavres de mes parents, mais je peux vous assurer que l'air de la pièce n'était pas enfumé et, qu'à part cette horrible odeur de cigare que fumait à outrance mon père, je n'ai strictement rien senti ! Pourquoi ?

– Pour rien. Pour rien, répéta la commissaire. Je vous demanderais de ne pas quitter le château avant mon départ, s'il vous plaît.

– Pas de problème, je n'avais pas l'intention de m'éclipser !

– Et quand vous le quitterez, ce sera pour aller en prison, ajouta la commissaire avant de sortir et de verrouiller la porte de la chambre de Krysostome.

COMMENT LA COMMISSAIRE EN EST-ELLE VENUE À CETTE CONCLUSION ?

SOLUTION P. 186

DANS SES PAS

† Les prémisses

La neige était tombée de 22 heures à 23 heures sans discontinuer. La ville était désormais recouverte d'un épais manteau poudreux. Et le ciel s'était embrasé sous les feux multicolores d'une aurore boréale. Anna Helgadóttir arriva aux urgences de l'hôpital de Reykjavik sous cet incendie nocturne, dans le tintamarre d'une sirène stridente et le tournoiement orangé d'un gyrophare. Cette célèbre chanteuse de pop à la renommée internationale s'était fait agresser dans son chalet situé à la périphérie de la capitale. Quelqu'un l'avait frappée violemment à la tête en utilisant son récent disque de platine et lui avait dérobé les maquettes de son dernier album. Opus qui devait être commercialisé seulement un mois plus tard.

Anna, qui se souvenait juste des flocons de neige qui lui fouettaient le visage, prétendit que le coupable était Gunnar Helgason, un jeune homme qui habitait dans la maison voisine de la sienne et qui l'aurait déjà harcelée à de nombreuses reprises. Cependant, sa version des faits était difficilement admissible. Car la police n'avait trouvé sur place aucune trace de pas dans la neige autres que celles d'Anna. Ces dernières allaient et venaient du chalet d'Anna à celui de Gunnar. Bien sûr, la présumée victime avait appelé la police dans la nuit, à 23 h 10, pour signaler la présence d'un rôdeur. Mais la chanteuse, réputée paranoïaque, avait réussi au fil du temps à décourager les représentants de l'ordre à force d'appels sans fondement. Plus aucun policier ne voulait se déplacer. Pourtant, ce soir-là, ce n'était pas l'imagination de la popstar qui lui avait joué des tours…

† L'enquête

L'inspecteur de police Jonsi Sveinson se gara devant le chalet d'Anna Helgadóttir. Il éteignit l'autoradio qui diffusait une chanson du groupe Sigur Rós, puis écrasa sa cigarette dans le cendrier en se jurant d'arrêter de fumer. Enfin, seulement, il sortit de son véhicule. Ses pas crissèrent dans la neige. Il aimait ce bruit depuis qu'il était gamin.

Un vent glacial l'accueillit. Il rabattit la capuche ourlée de fourrure synthétique de sa parka siglée 66° North, profita de la tiédeur procurée par ce geste, puis rejoignit ses collègues qui l'attendaient devant le portail d'entrée : Sina, une grande brune androgyne, et Karl, un vieux de la vieille dont le départ à la retraite n'était plus qu'une question de jours.

– Elle raconte n'importe quoi, la popstar ! s'exclama ce dernier, l'air bourru.

– Pourquoi donc ? demanda Jonsi, dont le visage se noyait dans les volutes générées par ses expirations.

– Le gamin de la maison n'y est pour rien…

– Tu as l'air sûr de toi, s'étonna Jonsi.

– Nous n'avons observé que les empreintes d'Anna dans la neige, et aucune qui corresponde à celles de Gunnar Helgason. Il chausse du 42 et elle du 39, expliqua Sina, qui était la scientifique de l'équipe. Sur la couche de neige qui sépare les deux propriétés, seule Anna a marché !

– Ou alors le gamin est capable de se téléporter comme dans *Star Trek*, plaisante Karl en rigolant dans sa barbe givrée.

– Ou de léviter, ajouta Sina.

Jonsi esquissa un vague sourire. Il se frotta les mains et se maudit d'avoir oublié ses gants au commissariat.

– L'agresseur a juste volé les maquettes des chansons ? demanda-t-il.

– Oui, rien d'autre ne semble manquer. Il y avait pourtant une grosse somme d'argent dans un coffre-fort et de nombreux bijoux en évidence dans la chambre.

– Ça nous éclaire un peu sur le mobile, souffla Jonsi.

– Piratage ? interrogea Sina. Aujourd'hui, les fans sont prêts à tout pour pouvoir diffuser en avant-première les chansons de leurs idoles. Avec l'avènement du numérique, c'est encore plus facile de le faire…

– Quelque chose sur le Net ? l'interrompit Jonsi, qui savait que Sina gardait toujours un œil sur le réseau.

– Pour l'instant, rien n'a filtré. Ni sur YouTube, ni sur les sites de *streaming*, répondit la spécialiste.

– Et ce Gunnar Helgason ? s'inquiéta Jonsi.

– Dix-neuf ans, étudiant en informatique, un peu *geek*, résuma Karl. Rien de bien méchant.

– Il est chez lui ?

– Bien sûr. On lui a dit de ne pas bouger, répondit Karl en haussant les épaules. Tu nous prends pour qui ?

– OK, je vais aller lui tirer les vers du nez, soupira Jonsi en avançant dans l'allée principale qui conduisait jusqu'au chalet d'Anna.

À mi-chemin, il s'arrêta devant une arche végétale recouverte de neige, fermée par une porte grillagée. Il observa les traces de pas d'Anna, figées par le froid et marquées chacune par un petit drapeau fluorescent.

– Elles continuent de l'autre côté ? demanda Jonsi en faisant référence aux traces de pas.

– Oui, répondit laconiquement Karl. Dans le sens aller et dans le sens retour.

– C'est curieux, murmura Jonsi.

Il ouvrit la porte grillagée et passa sous l'arche végétale que la neige avait entièrement enveloppée d'un drap blanc. Au passage, il remarqua une empreinte sur le côté droit de l'arche.

– C'est quoi ça ? demanda-t-il en pointant de l'index sa découverte.

– Une empreinte partielle de pied, indéniablement, répondit Karl. Tu as l'œil, toi !

– Qui pourrait marcher là-dessus ? s'étonna Sina. Même un chat ne pourrait pas…

– Je l'ignore, répondit Jonsi, mais il va falloir approfondir.

– J'appelle les gars de la scientifique, confirma Karl en s'emparant de son téléphone portable.

Sur le seuil du chalet voisin, les trois policiers furent accueillis par la mère de Gunnar, une charmante femme entre deux âges qui semblait affectée par l'agression d'Anna. Elle les conduisit à la chambre du jeune homme, située au premier étage et dont la fenêtre principale donnait sur le chalet d'Anna. L'endroit était austère : aucune affiche au mur, quasiment aucun bibelot. Un bureau, sur lequel trônait un ordinateur portable, et un lit, qu'occupait Gunnar, composaient le seul mobilier de la pièce.

– Bonjour !

– Je n'ai rien à dire, soupira le jeune homme qui jouait sur une tablette tactile.

– Il va pourtant falloir que tu répondes à mes questions, objecta Jonsi en observant les coupes qui ornaient une étagère.

– Elle est complètement cinglée ! Le succès lui est monté à la tête. Point barre !

– Tu n'es pas fan ? interrogea Jonsi.

– Je ne le suis plus depuis le cinquième album, confia Gunnar sans quitter l'écran du regard.

– C'est quoi toutes ces coupes ? demanda l'inspecteur.

– Je fais de la gymnastique. Et comme je ne suis pas mauvais, il m'est arrivé de remporter quelques championnats.

– Super. Tu dis qu'Anna est cinglée ?

Gunnar semblait nerveux. Ses jambes tremblaient frénétiquement.

– Ben oui, c'est pas parce qu'on est une star mondiale qu'on peut pas être dingue. Tenez, un exemple. Vous saviez qu'elle est somnambule ? Plusieurs fois, ma mère et moi on l'a vue se balader dans son jardin, voire dans le nôtre. Et croyez-moi, certaines nuits, elle est même pas habillée…

– Son dossier médical confirme ce fait, intervint Karl. D'ailleurs, j'ai oublié de te dire qu'on a retrouvé une paire de chaussons appartenant à Anna dans son jardin et pas dans celui de Gunnar…

– Tu me laisses finir ? demanda sèchement Jonsi à son collègue, qui manifestement pensait Gunnar innocent. Alors selon toi, elle serait sortie, victime d'une crise de somnambulisme, et se serait blessée toute seule ? réattaqua Jonsi à l'adresse du jeune homme.

Gunnar posa sa tablette tactile sur son lit et se leva.

– C'est ce que je pense, dit-il en bâillant et en s'étirant. Si ça vous arrange de penser que c'est moi le coupable, prouvez-le ! conclut-il d'un air de défi.

– OK, mais alors comment expliquer la disparition des maquettes de son prochain album ? insista Jonsi, en feignant d'ignorer la réponse.

– Je n'ai pas la solution à tout. Et puis, c'est votre boulot de le découvrir, non ? s'énerva Gunnar en gesticulant des mains.

– C'est exact, confirma l'inspecteur. L'élucidation de cette mystérieuse agression est bien de notre ressort. Les paumes de vos mains sont toutes rouges, vous vous êtes blessé ?

– Non, c'est à force de jouer, répondit Gunnar en rangeant ses mains dans les poches de son pantalon.

– Il faudrait songer à passer moins de temps à vous amuser, rétorqua Jonsi.

– Je peux dormir, maintenant ? demanda Gunnar avec une impatience non feinte.

– Mon garçon, je pense au contraire que ta nuit va être longue, répondit Jonsi, sur le ton de l'enquêteur qui venait d'identifier le coupable.

QUELLES PREUVES L'INSPECTEUR JONSI SVEINSON A-T-IL TROUVÉES ?

SOLUTION P. 188

Suicide à Shangri-la

† Les prémisses

L'orage grondait au-dessus de « Shangri-la », l'immense propriété du magnat britannique de la presse, Kirk Paper. Des éclairs zèbraient le ciel noir. La pluie cognait sans pitié les toitures en ardoise de son manoir, situé dans le Kent. Une folie architecturale reproduisant un palais italien de la Renaissance, que le mogul avait commandée à un célèbre architecte français quinze ans auparavant et dans lequel il coulait aujourd'hui une retraite d'ermite misanthrope.

Certains le disaient dépressif, au bord du suicide… D'autres affirmaient qu'il préparait en secret son grand retour et s'apprêtait à frapper un grand coup. Mais ce jour-là, le tonnerre couvrait toutes ces rumeurs et semble décidé à abattre le fief du géant des médias et à décourager ses plus fidèles employés.

Stuart, le garde-chasse de l'immense domaine, effectuait sa ronde avec sa meute de chiens de chasse à courre. L'homme maudit l'averse qui refroidissait sa grande carcasse malgré un long manteau et une casquette imperméables. Il détestait se faire rincer de la sorte, surtout un soir de match de football.

Soudain, les chiens se mirent à aboyer autour d'une masse sombre. À travers le rideau aqueux, Stuart ne tarda pas à apercevoir un corps écrasé sur le gravier au pied de la tour principale du château. Il se précipita et découvrit avec horreur le cadavre disloqué de Kirk Paper, victime d'une chute de plus de trente mètres. Quand la foudre frappa un arbre à quelques dizaines de mètres de lui, enflammant sa cime, Stuart se dit que, décidément, cette nuit était en passe de devenir celle de tous les dangers !

† L'enquête

Stuart ramena le cadavre désarticulé de Kirk Paper dans la cuisine et l'étendit sur une grande table. Le garde-chasse s'était refusé à abandonner le corps sous la pluie battante qui, dehors, continuait à marteler la nuit. Il savait qu'il avait commis une erreur, mais il s'en fichait. Ses liens avec son employeur étaient forts. Depuis vingt ans, Stuart travaillait pour le vieux Paper et même si ce dernier s'était souvent mal comporté à son égard, Stuart n'en avait pas moins développé une profonde estime pour lui. Les policiers pouvaient lui reprocher d'avoir déplacé la victime et brouillé la scène de l'accident, ça lui était complètement égal.

Au milieu de la cuisine, Stuart se demandait ce qui allait se passer maintenant. Anny, l'épouse de Kirk, était là, effondrée, en larmes. Il y avait également Donald Campbell, l'avocat de la famille et du groupe Paper. Lui et Kirk s'étaient violemment disputés lors du dîner, au sujet de la vente de plusieurs sociétés du groupe. Kirk avait quitté la table sans même manger de dessert, lui qui, gourmand, ne manquait jamais cette étape d'un repas.

– J'ai appelé la police mais, avec ce temps, ils m'ont prévenu qu'ils ne seraient pas là avant au moins une heure, expliqua Stuart.

– Mon Dieu, c'est horrible ! Pourquoi a-t-il fait ça ? gémit Anny.

– Il était dépressif, Anny. Vous le saviez. Je le savais. Il a fait le choix d'en finir, respectons-le, intervint l'avocat.

– Il s'est bien jeté par la fenêtre, confirma Stuart. Je suis monté dans sa chambre. J'ai dû enfoncer la porte. Le loquet était fermé de l'intérieur. La fenêtre était ouverte…

– Vous voyez, fit l'avocat à Anny.

Celle-ci ne répondit pas et lança un regard noir à Donald Campbell.

– Vous n'étiez plus son avocat ! lança-t-elle.

– Qu'est-ce que vous racontez ? s'étonna Campbell.

– Je sais que vous êtes passé à la concurrence…

– Ce qui est étrange, c'est que j'ai trouvé une cage à chien sous le lit, vide, poursuivit Stuart.

– C'est vous qui la lui aviez donnée ? interrogea Anny en sanglotant.

– Non, nous n'avons pas de cage de cette sorte au chenil. De plus, c'est un petit modèle, pas du tout adapté à nos beagles[2], pourtant de taille modeste, répondit Stuart. Au

2. Chiens courants d'origine britannique.

fond, il y avait des petits cristaux de glace… On aurait dit de la neige…

– Le temps est peut-être mauvais, mais je n'ai vu aucun flocon tomber par ici ! s'exclama l'avocat en haussant les épaules.

– Je dis juste que j'ai vu quelque chose au fond de cette boîte qui ressemblait à de la neige, expliqua à nouveau Stuart.

– Peut-être que ce que contenait cette cage a effrayé Kirk et que, pris de panique, il a sauté par la fenêtre ? formula Anny, qui visiblement refusait de s'accommoder de la thèse du suicide.

– Dans ce cas, où est passé l'animal ? rétorqua Stuart.

– Il a peut-être sauté par la fenêtre lui aussi, répondit l'avocat.

– Alors j'aurais dû trouver sa carcasse à côté du corps de M. Paper, objecta Stuart.

– Il s'agissait peut-être d'un animal agile qui s'est enfui en s'accrochant au mur. Vous connaissiez la passion de Kirk pour les primates, ajouta l'avocat.

– Pourquoi ne m'aurait-il pas mise au courant de l'arrivée d'un tel animal ? demanda Anny.

– Peut-être pour vous faire une surprise, répondit Stuart, bienveillant.

Anny secoua la tête et se moucha. Donald, l'avocat, s'approcha du feu qui crépitait dans une immense cheminée et se réchauffa les mains. Il hésita un instant à parler. Quelque chose le perturbait.

– Il était au bord de la faillite, expliqua-t-il enfin.

– Comment ça ? s'étonna Anny.

– Cela fait des années qu'il ne s'occupe plus vraiment de son empire. Le monde évolue. Les nouvelles technologies ont supplanté le papier. Les gens lisent les informations sur Internet. Kirk n'a pas négocié ce virage suffisamment tôt. C'est pour cela que je lui avais conseillé ce soir de vendre certaines de ses sociétés afin de sauver ce qui pouvait encore l'être ! Il a refusé…

– C'était son droit, protesta Stuart.

– Je n'en disconviens pas, précisa l'avocat.

– Peut-être avait-il souscrit une assurance-vie ? risqua Stuart.

– Un garde-chasse expert en affaires financières. C'est surprenant ! railla Donald. Pour votre gourverne, sachez que toute assurance exclut le suicide. S'il avait voulu faire jouer une assurance-vie, il aurait dû maquiller son geste désespéré en accident…

– Vous pouvez vous moquer. Moi, ce que je sais, c'est que l'empire de M. Paper porte son nom, pas le vôtre ! répliqua Stuart, agacé par les propos de l'avocat.

Brusquement, l'éclat tournoyant d'un gyrophare filtra à travers la porte-fenêtre de la cuisine.

– Je crois que la police est arrivée, murmura Anny, soulagée de pouvoir interrompre cette joute verbale qui opposait les deux hommes.

*

L'autopsie de Kirk Paper confirma qu'il était bien mort des conséquences de sa chute. La police ne trouva aucun indice permettant de conclure à autre chose qu'un suicide. La « neige » qu'avait aperçue Stuart au fond de la cage avait disparu sans laisser de trace. Et les enquêteurs finirent par mettre sérieusement en doute le témoignage du garde-chasse.

Un temps, la police suivit la piste d'un possible animal logé dans la cage. Cette boîte isotherme, grillagée en façade, semblait sortie de nulle part. Kirk Paper n'avait rien commandé dans les mois précédant sa disparition. Et personne n'était capable de dire depuis quand cette boîte se trouvait dans sa chambre, où il dormait seul, lui et son épouse faisant en effet chambre à part depuis plus de six ans. Quant à la police scientifique, malgré ses efforts, elle n'y décela aucun poil, aucune signature ADN animale.

SI LE SUICIDE DE KIRK PAPER ÉTAIT SCIENTIFIQUEMENT INDÉNIABLE, IL S'AGISSAIT POURTANT ÉGALEMENT D'UN HOMICIDE… QUE S'EST-IL PASSÉ SELON VOUS ?

SOLUTION P. 190

LES LIVRES MEURTRIERS

† Les prémisses

Jeanne Bari ajusta son tailleur, chic et strict, griffé Chanel. Elle vérifia une dernière fois son maquillage, surligna ses yeux de rimmel noir puis, enfin satisfaite du résultat cosmétique obtenu, sortit de sa chambre et descendit jusqu'au rez-de-chaussée d'un magnifique hôtel particulier de l'île Saint-Louis, à Paris. L'immeuble, caché au fond d'une cour, appartenait à Basile Polidoris, un riche mécène bibliophile. Jeanne était sa secrétaire depuis quinze ans et habitait chez lui, pour plus de commodité.

La matinée venait juste de commencer. Elle accueillit Émile Rega, le conservateur de la Grande Bibliothèque, qui avait rendez-vous avec Basile Polidoris.

– M. Polidoris va vous recevoir dans sa bibliothèque au deuxième étage, suivez-moi, invita Jeanne.

Le conservateur, un homme plutôt jeune, à mille lieux des clichés du vieux barbu porteur de lunettes, emboîta le pas de la sémillante secrétaire. Jeanne le conduisit dans un cabinet attenant à la bibliothèque. Les deux pièces étaient séparées par une grande porte en bois sculptée.

– Voulez-vous du café ? demanda-t-elle.

– Volontiers, répondit Polidoris.

Elle le servit et tous deux patientèrent un instant en échangeant des banalités. Soudain, un cri retentit, en provenance de la bibliothèque. Jeanne tambourina contre le battant. Comme aucune réponse ne lui parvenait, elle décida d'entrer. La porte, gonflée par l'humidité, résista un peu, puis céda. À peine la secrétaire eut-elle franchi le seuil, qu'elle hurla. Le cadavre de Basile Polidoris gisait au milieu de sa bibliothèque, dont chaque mur était couvert de livres anciens. Il avait le crâne fracturé ; une petite presse à relier en métal reposait près de sa tête.

† L'enquête

Jeanne Bari se pencha sur le corps couché au sol de Basile Polidoris. Elle demanda au conservateur d'appeler de l'aide. Ce qu'il fit en sortant de la bibliothèque pour téléphoner depuis le cabinet d'à côté. En effet, dans la bibliothèque, il n'y avait pas de ligne téléphonique. Lorsqu'il revint, Jeanne lui fit remarquer que son patron avait été frappé sur la nuque à l'aide d'une petite presse à relier en métal, mais qu'il était encore en vie.

– Il est inconscient ? demanda le conservateur.

– Sa respiration est faible mais régulière. Donnez-moi un mouchoir, il saigne du nez, répondit Jeanne.

– Mon Dieu, j'espère que les secours vont faire vite !

– L'armoire forte où M. Polidoris entreposait ses livres les plus précieux est ouverte ! s'exclama soudain la secrétaire. Le voleur a arraché la clé qu'il portait en permanence autour du cou, attachée à un collier.

Jeanne se releva et se dirigea vers l'armoire dont les deux battants métalliques étaient ouverts. Elle fouilla systématiquement les étagères d'un regard inquiet.

– Il manque l'ouvrage original relatant le voyage de Marco Polo en Chine. Ce petit livre n'existe qu'en un seul exemplaire au monde. C'est un drame ! se lamenta-t-elle.

Une ambulance ne tarda pas à emmener la victime inanimée à l'hôpital. Les policiers débarquèrent dans la foulée. L'un d'entre eux, l'inspecteur Reverdy, semblait fasciné par les livres qui cernaient la pièce du parquet au plafond. Il fit le tour des rayonnages, les yeux écarquillés à la manière d'un enfant qui découvre le monde.

– Incroyable collection ! s'exclama-t-il.

– L'une des plus riches de France s'agissant des récits de voyages, intervint doctement le conservateur.

– Il existe tellement de livres et nous n'avons malheureusement qu'une seule vie, soupira l'inspecteur.

– C'est pour cela qu'il faut les conserver, pour laisser le temps aux hommes de les lire tous, rétorqua Émile Réga.

L'inspecteur Reverdy hocha la tête silencieusement. Il remarqua un verre à whisky vide posé sur le bureau et songea qu'il en boirait bien un lui-même, avant de se reprendre.

– L'agresseur de M. Polidoris l'a frappé trois fois à la nuque, expliqua le policier, changeant radicalement de sujet. Ensuite, il s'est emparé de la clé de son armoire forte qu'il portait à son cou et a dérobé un livre précieux...

– Inestimable, le coupa le conservateur.

– Quelque chose me chiffonne, marmonna l'inspecteur. Vous vous teniez bien tous les deux dans la pièce contiguë ?

– Oui, fit Jeanne, dont le rimmel avait coulé sur ses joues, à force de pleurer.

– Et vous n'avez rien entendu ? demanda l'inspecteur en passant devant un petit évier d'angle, qui visiblement servait à se laver les mains.

– Juste un cri, ajouta Jeanne.

– Et vous n'avez vu personne sortir ?

– Personne, répondit le conservateur.

– Personne, répéta Jeanne dans un sanglot.

L'inspecteur se gratta l'oreille gauche, puis se dirigea vers l'une des fenêtres de la bibliothèque qui donnaient sur une cour intérieure pavée.

– L'agresseur est rentré par là, expliqua-t-il en posant son index sur la vitre un peu sale. On a retrouvé une grande échelle adossée à la façade de l'immeuble. La question, c'est comment est-il parti, puisque les deux fenêtres sont fermées de l'intérieur ?

Jeanne regarda le conservateur, l'air interloqué. Elle venait de comprendre que l'inspecteur les soupçonnait de l'agression de son patron.

– Je vous assure que je ne comprends rien à toute cette histoire. Enfin, il doit bien y avoir une explication, finit-elle par dire en tentant de dissimuler son inquiétude naissante.

Le silence s'installa dans la bibliothèque et plana quelques secondes avant d'être rompu.

– Je crains d'être dans l'obligation de vous demander de me suivre jusqu'au commissariat où je procéderai à votre inculpation ! lança l'inspecteur.

– Vous nous accusez ? s'indigna le conservateur.

– Oui, je vous accuse de vol avec violence grave, confirma le policier.

– Vous bluffez, murmura Jeanne.

– Votre langage trahit un amour du jeu de cartes, répondit l'inspecteur Reverdy.

*

Deux jours plus tard, Basile Polidoris sortit du coma dans lequel son agression l'avait plongé. Lorsqu'il apprit que Jeanne et Émile avaient été accusés de l'avoir assommé et volé, Basile demanda à parler immédiatement à la police. C'est l'inspecteur Reverdy qui se rendit à son chevet.

– Vous avez demandé à nous voir, résuma le policier en s'approchant du lit d'hôpital sur lequel Polidoris était allongé, le bras relié à une perfusion.

– J'ai une déclaration de la plus haute importance à vous faire, expliqua Polidoris avec fébrilité.

– Je vous écoute.

– Jeanne et Émile sont innocents !

– Comment ça ? s'étonna l'inspecteur.

– J'étais seul dans la pièce quand j'ai été assommé.

Abasourdi par cette révélation, l'inspecteur Reverdy grimaça. Il ne comprenait plus rien.

– C'est impossible… murmura-t-il.

– Et pourtant, je vous jure que j'étais seul.

Reverdy s'assit à côté de Polidoris et expira bruyamment. Il regarda droit devant lui, comme s'il voyait à travers les murs. Il se gratta l'oreille gauche et murmura comme pour lui-même, les yeux braqués sur la cloison blanche. Son esprit cognitif carbura, relia les indices à la manière de ces jeux où il faut tracer un dessin de point en point, les associa jusqu'à la révélation.

– Je vous assure que vous n'étiez pas seul, monsieur Polidoris, assura Reverdy en se levant d'un bond.

Pourquoi l'inspecteur Reverdy est-il si sûr de lui ?

Solution p. 192

LA PEUR AU VENTRE

† Les prémisses

Un soir de janvier à Las Vegas, le journaliste Cole Porter et son caméraman Justin Lamb se rendirent dans le loft du célèbre magicien Marek. Celui-ci donnait une série de spectacles au célèbre casino *Le Mirage*. Cole Porter avait réussi à obtenir un entretien exclusif avec la star internationale de la prestidigitation. Sur place, il retrouva Ema Gloss, l'assistante personnelle de l'illusionniste.

– Je vais vous demander de patienter. Marek doit recevoir son frère vers 21 heures, expliqua cette dernière en installant les deux hommes dans un salon situé à côté du bureau de Marek.

– Pas de problème, répondit Cole Porter, souriant. Nous allons en profiter pour préparer le matériel de tournage.

– Vous patienterez avec M. Peleridge, ajouta Ema en indiquant d'un gracieux mouvement de la tête un homme assis dans un fauteuil. Vous vous connaissez ?

– Qui ne connaît pas August Peleridge, le directeur du Mirage ! s'exclama Cole Porter.

– Vous me flattez, plaisanta Peleridge en serrant la main des deux journalistes.

– Bien, je vous laisse, fit Ema en se retirant.

Dehors, fait exceptionnel, de la neige commençait à tomber, recouvrant les palmiers et le désert d'une fine pellicule blanche. Soudain, Cole, Justin et August aperçurent une silhouette revêtue d'un manteau à col de fourrure, escortée par Ema jusqu'au bureau de Marek.

– Je croyais que Marek était fâché avec son frère, murmura Cole à l'adresse d'August.

– C'est le cas. Le cadet passe son temps à dilapider l'argent gagné par l'aîné en se tapant des putes, répondit le directeur du casino.

– Dans votre établissement ? interrogea en rigolant Justin.

Soudain, les bruits d'une violente altercation parvinrent jusqu'aux trois hommes qui attendaient dans le salon. Tous se regardèrent avec un air inquiet, puis décidèrent d'intervenir.

Lorsqu'ils pénètrèrent dans le bureau, ils découvrirent Marek mort, un poignard planté dans le cœur. Ses poignets étaient menottés et assujettis à la chaise sur laquelle il était assis. Son meurtrier avait disparu.

† L'enquête

Justin et August étaient tétanisés par leur découverte. Seul Cole semblait avoir conservé la tête froide. Ce dernier, qui avait couvert les guerres en Irak et en Afghanistan avant d'échouer dans une minable station de télévision de Las Vegas, n'était pas impressionné par la vision du cadavre de Marek. Des horreurs, il en avait vues d'autres, et bien pires !

– On ne peut pas rester là à ne rien faire. Il faut appeler la police, murmura August.

– Je m'en occupe, intervint Justin en dégainant son téléphone portable.

Cole détailla le cadavre de Marek. Il portait un pull en cashmere rouge, de sorte que le sang autour de sa mortelle blessure ne se voyait presque pas. Le couteau qui était enfoncé dans son cœur ressemblait à une dague ancienne et pas à un vulgaire couteau de cuisine. Curieusement, la mort du magicien n'était pas ce qui préoccupait le plus le journaliste. Non, ce qui l'intriguait était d'une autre nature.

– Le meurtrier ne s'est quand même pas volatilisé ? demanda-t-il à voix haute.

– Il est sans doute passé par la fenêtre, répondit August. Nous sommes au rez-de-chaussée.

Cole avança vers la fenêtre. Dehors, la neige avait cessé de tomber depuis quelques instants. La nuit électrique de Las Vegas rebondissait sur la blancheur fraîche et renvoyait une luminosité irréelle. La nature aussi savait faire preuve de magie.

– Je ne vois aucune trace de passage sur le rebord enneigé, remarqua Cole. Quelqu'un qui se serait enfui par ici aurait forcément laissé des empreintes de mains ou de pas.

– L’assassin a peut-être sauté par-dessus ? risqua Justin, le caméraman.

– Dans ce cas, compte tenu de la hauteur, il s’agit d’un champion olympique de saut de haies, répondit Cole en grimaçant.

– Personne n’est sorti par la porte donnant sur le salon, nous étions là ! s’exclama August.

– Et il n’y a visiblement aucune autre issue, soupira Cole.

Les trois hommes échangèrent une série de regards interloqués, puis chacun se mit à fouiller la pièce avec la ferme intention de retrouver la trace de l’assassin du magicien.

– Et cette petite porte dérobée en face de la fenêtre ? fit soudain remarquer August.

– Je ne l’avais pas vue, dit Cole.

– Quand on dirige un casino, on a l’œil sur tout, expliqua August.

– Elle est bien dissimulée, souffla Cole en essayant de l’ouvrir.

– Et bien fermée ? interrogea Justin.

– Oui, répondit laconiquement Cole en se détournant de l’issue.

Le journaliste se massa la nuque, rejeta la tête en arrière puis observa autour de lui. De vieilles affiches représentant Harry Houdini ou Dai Vernon, anciennes vedettes de la prestidigitation, décoraient les murs. Mais aussi une photo d'Edgar Bergen, célèbre ventriloque des années 1930 avec ses poupées Charlie McCarthy et Mortimer Snerd. Un bureau, réplique de celui du président J. F. Kennedy, trônait au milieu de la pièce. Il était recouvert de papiers et supportait une petite collection de boules de cristal. Au pied de ce bureau mal rangé, une marionnette en forme de singe regardait les intrus avec ses yeux en verre.

Cole ne tarda pas à remarquer une boîte de médicaments vide dans la poubelle, du Kapanol. Cole connaissait ce dernier. Il s'agissait de sulfate de morphine à libération prolongée. Un puissant antalgique que la médecine de guerre utilisait sur les théâtres d'opérations en cas de très graves blessures. Le journaliste imprima cette information dans un coin de sa mémoire et poursuivit son inspection des lieux.

Ema, l'assistante de Marek, entra soudain, focalisant toute l'attention des trois hommes présents dans la pièce. En voyant le cadavre de son employeur, la jeune femme poussa un cri strident et s'évanouit. Cole et Justin la transportèrent et l'installèrent sur un canapé dans le salon. Peu à peu, Ema reprit ses esprits.

– Mon Dieu, que s'est-il passé ? gémit-elle.

– Marek a été poignardé, expliqua Cole.

– Quelle horreur, souffla Ema.

– Qui avez-vous conduit dans le bureau de Marek ? interrogea Cole.

– Clark, son frère, répondit Ema. Où est-il ?

– Il a disparu. Et je crains que ce ne soit lui l'assassin.

– Ce n'est pas possible, murmura Ema avant de tourner de l'œil à nouveau.

*

Quelques jours plus tard, Clark, le frère de Marek, fut arrêté par la police. Il affirma qu'il avait passé la soirée dans une chambre du Mirage. Une escort-girl lui avait téléphoné vers 20 heures et lui avait donné rendez-vous dans une suite du casino. Abonné à une agence lui fournissant régulièrement des femmes contre de l'argent, Clark ne s'était pas posé de questions. Il s'était rendu au rendez-vous, mais la prostituée n'était jamais venue. Clark, sans alibi, se retrouva inculpé du meurtre de son frère.

Le témoignage décisif qui le condamna était fourni par un voisin du loft de Marek. Ce témoin certifia avoir vu Clark sortir par la petite porte dérobée située face à la fenêtre du bureau du magicien, alors qu'il neigeait encore. Ce qui semblait impossible, puisque cette porte était fermée à clé.

Seul Cole Porter n'était pas convaincu de la culpabilité de Clark et s'obstinait à le défendre. Selon le journaliste, l'ultime témoignage, loin de confirmer que Clark était l'assassin de son frère, l'innocentait. Lors d'une émission spéciale consacrée à l'affaire et diffusée sur la station de télévision où travaillait Cole, toute la vérité serait faite, annonça ce dernier pour faire monter le buzz médiatique.

MAIS ALORS, QUI A TUÉ MAREK ET COMMENT LE MEURTRIER S'Y EST-IL PRIS POUR DISPARAÎTRE ?

SOLUTION P. 194

LA MENACE FANTÔME

† Les prémisses

Lorsque Mira arriva dans la villa de son oncle, près de Monaco, elle ne vit pas la magnifique demeure avec vue sur la mer, mais la maison hantée qui la terrorisait depuis son enfance. Mira Loye était rédactrice en chef d'un célèbre hebdomadaire féminin. Elle venait rendre visite au dernier membre de sa famille encore en vie, Clothaire Rivo, un riche excentrique qui avait fait fortune dans le commerce d'œuvres d'art. Clothaire était vieux et ne disposait plus de toute sa tête. Son avocat, Richard Braun, avait demandé à Mira de venir afin de convaincre son oncle de l'importance de modifier son testament en sa faveur. Mira, qui n'avait jamais entretenu de véritables liens avec le vieil homme, avait d'abord refusé. Puis, quand Braun lui a parlé des visions qui assaillaient Clothaire depuis quelques mois et de ses pertes de mémoire, elle n'avait pas hésité et avait sauté dans l'avion, pensant à la maladie d'Alzheimer.

– Bonjour Mira, l'accueillit Braun dans le gigantesque hall de la villa.

– Bonjour, répondit la jeune femme en regardant l'immense escalier qui grimpait dans les étages.

– Votre oncle est dans la bibliothèque, expliqua Braun. Son médecin, le Dr Philiouti, nous rejoindra demain.

Soudain, un coup de feu retentit. Il provenait de la salle de billard. Mira et Braun se précipitèrent. Arrivés dans la pièce de jeu, ils découvrirent Clothaire effrayé, le visage blanc comme un linge.

– Je viens d'être agressé par un spectre ! hurla-t-il en brandissant un pistolet. Il m'a tiré dessus avec cette arme et il s'est enfui par la fenêtre.

Mira réconforta son oncle et le conduisit dans sa chambre, aidée par Braun qui, après s'être assuré que la jeune femme allait bien, la quitta pour rentrer chez lui.

Au cours de la nuit, un nouveau coup de feu éclata. Mira découvrit l'oncle Clothaire grièvement blessé d'une balle dans le ventre et barricadé à l'intérieur de sa chambre située au rez-de-chaussée, fermée de l'intérieur.

† L'enquête

Braun arriva avant la police. Il n'habitait pas très loin. Mira était effondrée, elle pleurait dans le salon. L'avocat, tête baissée, posa une main sur l'épaule de la jeune femme en un geste apaisant.

– Il s'est suicidé ? demanda-t-il, comme s'il connaissait la réponse.

– Mon Dieu, oui, je le crois, sanglota Mira.

– Expliquez-moi.

– Je venais à peine de me coucher. J'ai entendu un coup de feu. Je me suis levée en pensant à mon oncle et j'ai couru vers sa chambre.

– Et ?

Mira reprit son souffle. Son regard s'embua.

– La porte était fermée. J'ai tambouriné comme une folle. C'est Gaspard, le majordome, qui, alerté par le coup de feu et mes cris, a réussi à ouvrir la porte grâce à un double de la clé.

– Vous avez donc réussi à entrer ?

– Non sans mal. Mon oncle avait poussé une commode contre la porte…

– Quelque chose lui avait sans doute fait peur, l'interrompit Braun.

– Un fantôme ?

– Je n'ai pas dit ça, répondit l'avocat.

Mira réprima un frisson. Ce même genre de frisson qui lui venait lorsque, enfant, elle passait des nuits dans cette demeure et qu'elle entendait des bruits étranges dans les couloirs ou qu'elle voyait des ombres glisser dans le jardin.

– Dans la chambre, mon oncle gisait sur un tapis près de la porte-fenêtre. Une blessure sanglante au niveau du ventre, poursuivit Mira en se passant machinalement la main dans les cheveux.

– La porte-fenêtre donnant sur le jardin était-elle ouverte ? demanda l'avocat.

– Non, elle était fermée de l'intérieur. C'est la première chose qu'a vérifiée Gaspard. Il était prêt à poursuivre un éventuel assassin…

– Le suicide ne fait donc aucun doute, conclut Braun en s'écartant de Mira.

– Que va-t-il se passer, maintenant ? demanda la jeune femme.

– La police va faire son travail, et lorsque la preuve du suicide de Clothaire sera apportée définitivement, sa fortune ira malheureusement à son légataire universel.

– Qui ça ? interrogea Mira.

– Je n'ai pas eu le temps de m'entretenir avec vous de ce sujet. C'est pourtant pour cela que j'ai insisté pour que vous veniez le plus rapidement possible. Votre oncle a légué l'intégralité de son héritage au majordome !

– À Gaspard ? s'étonna Mira.

L'avocat acquiesça silencieusement en hochant la tête. Mira, sonnée par cette nouvelle, se mit à réfléchir.

– Vous croyez qu'il… ?

– A assassiné votre oncle ? compléta Braun. Lorsque plus de six cents millions d'euros sont dans la balance, tout est possible.

– Dans ce cas, il faut nous-mêmes mener l'enquête ! intervint le Dr Raoul Philiouti qui venait d'entrer en silence dans le salon. Excusez mon indiscrétion, mais j'ai entendu une partie de votre conversation, avoua le médecin en se raclant la gorge.

Mira observa avec un petit air méfiant le petit homme à lunettes vêtu élégamment.

– Vous pouvez lui faire une totale confiance, murmura Braun.

– Peut-être que la mort de mon oncle a un lien avec l'attaque du fantôme dans la salle de billard ? souffla Mira, légèrement rassurée.

– Commençons par explorer la salle de billard, alors, proposa le docteur dont la petite tête ronde venait de s'éclairer d'un sourire malicieux.

*

Dans la salle de billard, le Dr Philiouti écouta attentivement le récit de Mira. Elle lui expliqua que son oncle avait cru voir un fantôme et que ce spectre lui aurait tiré dessus avec un pistolet chargé à blanc. Le médecin ne sembla pas surpris par cette histoire et esquissa un vague sourire.

– C'est par cette fenêtre que l'ectoplasme tireur s'est censément enfui ? demanda-t-il.

– Mon oncle en était persuadé. Vous auriez vu son visage, docteur ! Il était livide comme celui d'un cadavre.

Une fois de plus, un léger rictus agita les lèvres ridées du médecin.

– Et dans la chambre ? interrogea-t-il. La porte-fenêtre était-elle également fermée de l'intérieur ?

– Oui, confirma Mira.

– Le pistolet retrouvé dans la chambre appartenait-il à votre oncle ? poursuivit Philiouti.

– Je l'ignore, répondit Mira en regardant Braun, qui lui-même haussa les épaules.

– Je demande ça parce qu'il ne vous aura pas échappé qu'il manque une arme sur ce râtelier où repose une belle collection de pistolets anciens, expliqua le docteur.

– Vous avez l'air d'en savoir plus que ce que vous ne voulez bien le dire, intervint Braun, dont le regard s'était soudainement obscurci.

Le Dr Philiouti dodelina de la tête et revint près de Mira.

– En réalité, l'arme retrouvée dans la chambre, tout comme le pistolet que le fantôme a emprunté pour tirer sur votre oncle, proviennent de ce râtelier. L'une était chargée à blanc, l'autre pas…

– Pourquoi Gaspard se serait-il servi ici ? le coupa Mira. C'est trop risqué ! Un coup à se faire prendre rapidement.

– Gaspard ? s'étonna le Dr Philiouti. Pourquoi diable voulez-vous donc que ce pauvre Gaspard se soit emparé de ces armes ?

– Parce que c'est lui, le coupable, rétorqua Mira.

– Non. Je connais le meurtrier et, croyez-moi, ce n'est pas ce dévoué majordome qui sert votre oncle caractériel depuis tant d'années.

– Mais alors qui est-ce ? interrogea Mira, le regard braqué sur le médecin, qui ressemblait de plus en plus à un détective privé.

– Quelqu'un qui a voulu faire croire que Gaspard était le coupable ! s'exclama le docteur.

DE QUI LE DR PHILIOUTI VEUT-IL BIEN PARLER ?

SOLUTION P. 196

Coup de chapeau

† Les prémisses

Markus Seb n'en revenait pas. Il était invité chez Steve Gates, son patron, le génial milliardaire de l'informatique. Celui-ci avait convoqué son meilleur ingénieur à un barbecue qu'il organisait dans sa spacieuse villa perchée sur les hauteurs de Seattle. Plus qu'une opportunité, il s'agissait pour Markus d'une probable promotion.

Le jeune homme arriva un peu en avance et fut accueilli par Esther, la ravissante femme de Gates, qui le conduisit dans le vaste salon dont les immenses baies vitrées donnaient sur une terrasse et plus loin sur la plus grande ville de l'État de Washington.

– Mon époux se trouve dans le pavillon de jardin, expliqua-t-elle.

– Merci à vous de me recevoir, bredouilla Markus, impressionné par la plastique irréprochable de son hôtesse et par ses yeux vert émeraude.

– Vous savez, mon mari est souvent en voyage, se confia soudain Esther en s'asseyant à côté du jeune ingénieur. Je suis certaine qu'il me trompe avec sa secrétaire. Cette garce de Kathy Reinfield…

– Oh, je suis sûr que vous faites erreur, bafouilla Markus, gêné par cette confidence inattendue.

Durant leur entretien quelque peu étrange, Markus entendit des coups de feu en provenance de l'extérieur. Esther lui expliqua qu'il s'agissait de son frère, Buddy, qui s'entraînait au ball-trap dans le parc. Steve Gates fit une brève apparition, salua Markus et repartit pour le pavillon où il devait liquider une affaire urgente avant d'attaquer le barbecue. Esther s'excusa et abandonna Markus. Elle devait accueillir le traiteur. À son retour, Buddy surgit dans le salon en criant :

– Mon Dieu, Esther, Steve est mort ! Il s'est tiré une balle dans la tête !

† L'enquête

Markus ne comprit pas immédiatement ce qui se passait. Il regarda le visage d'Esther Gates se décomposer à grande vitesse, puis son corps athlétique se tendre et ses lèvres pulpeuses enfin remuer après quelques secondes de paralysie.

– Reste ici et appelle les secours ! intima-t-elle à son frère en bondissant hors du salon telle une gazelle effrayée par un prédateur.

Son cri résonna dans la tête de Markus comme un gong qu'on venait de frapper avec force. Glas tragique que le jeune homme interpréta enfin à l'aune de sa terrible signification. Le grand Steve Gates, roi de l'informatique, était mort.

– Qui dois-je appeler en premier ? balbutia Buddy, visiblement ébranlé par sa macabre découverte. La police ou un médecin ?

– Le 911, répondit Markus, qui essayait de conserver la maîtrise de ses émotions.

– OK, fit Buddy en composant le numéro.

Markus se rongea les ongles. Ses genoux tremblaient, secoués par la nervosité. Soudain, il se leva d'un bond, sortit sur la terrasse et chercha Esther du regard. Il l'aperçut près du pavillon, au milieu de l'immense parc qui cernait la maison. Le jeune ingénieur décida de la rejoindre.

– Je peux vous aider ? demanda-t-il, parvenu à la hauteur d'Esther.

Elle était accroupie près du cadavre de son mari, qui gisait étendu sur le gazon. Markus ne savait pas quoi dire. Il resta un instant les bras ballants.

– Il s'est suicidé, murmura Esther en se relevant, les yeux rougis.

– C'est horrible, bredouilla Markus.

– Il m'a abandonnée, sanglota la veuve en se jetant dans les bras du jeune homme.

Esther pleura de longues secondes sur l'épaule de Markus, qui hésitait à refermer ses bras sur elle. Il jeta un œil au cadavre de Steve Gates. Sa tête était inclinée, ses paupières fermées. Il donnait l'illusion de dormir. Sauf qu'un trou avait perforé le côté gauche de son crâne. Une balle avait transpercé la casquette de Steve avant de se loger dans sa boîte crânienne. Markus chercha l'arme utilisée par le suicidé, mais ne la trouva pas…

*

L'inspecteur Ethan Py grignota quelques graines de tournesol en contemplant le cadavre de Steve Gates. Son équipe était en train de procéder aux relevés habituels et s'affairait autour de lui. Ethan rangea le petit sachet de graines dans une des poches de sa veste, se frotta les mains et s'accroupit.

– Calibre 32 ? demanda-t-il à un de ses collègues.

– Oui, peut-être tiré par un Glock, manifestement à bout touchant si j'en crois les brûlures sur le côté gauche de la casquette. Pourtant, il n'y a ni suie ni poudre dans la plaie…

– Rien à voir avec le fusil du beau-frère qui tirait sur des assiettes ?

– Rien. C'est un Mossberg 500, chambré en calibre 12. Tu pensais à une balle perdue ?

– Oui, entre autre chose, marmonna Ethan.

– Désolé de te décevoir.

– Suicide, alors ?

– Sans aucun doute.

Ethan Py se mordit les lèvres, que les graines de tournesol avaient légèrement salées.

– Hum, je n'aime pas quand la solution s'impose trop vite, soupira l'inspecteur en se relevant.

– Moi, j'adore. Ça me fait moins de boulot, plaisanta son collègue.

– Et l'arme ?

– Nous n'avons rien retrouvé pour l'instant. Ni dans le pavillon, ni dans le parc, ni dans la villa…

– Curieux, pour un suicide, rétorqua l'inspecteur.

*

Esther regarda le policier. Il était court sur pattes et rondouillard. Elle baissa la tête, grimaça et avança vers lui.

– Je suis Esther Gates, se présenta-t-elle.

– Navré pour votre époux, répondit Ethan en mâchonnant une graine de tournesol.

– Merci.

– Avait-il des raisons de vouloir mettre fin à ses jours ? demanda Ethan.

– En façade non, mais en réalité il était rongé par le doute. Son nouveau système d'exploitation, Pantera, n'était pas au point… Il ne croyait plus en lui, murmura Esther sur le ton de la confidence.

– C'est vrai que le programme Pantera n'est pas stabilisé, mais ce n'est qu'une question de temps, intervint Markus.

– Vous êtes ? interrogea l'inspecteur.

– Ingénieur en informatique. Je travaille… Enfin, je travaillais pour Steve Gates.

– Votre nom ? insista Ethan.

– Markus Seb.

– Vous n'avez rien entendu ?

– Non, le frère de Mme Gates faisait du ball-trap dans le jardin. Impossible de dire si l'un des coups de feu que j'ai entendus provenait du pavillon ou pas, s'excusa Markus.

Ethan détailla le jeune homme. Il ne le trouva pas digne d'intérêt et reporta son regard sur la veuve.

– Votre mari possédait-il une arme ? demanda-t-il.

– Oh non, Steve ne supportait pas les armes à feu, répondit Esther.

– Et vous ?

– Mon Dieu, que ferais-je de cela ! s'offusqua la veuve en esquissant une moue horrifiée.

– Votre mari vous a-t-il semblé différent, aujourd'hui ? Avait-il l'air soucieux ? Était-il agressif ?

– Non…

– Prenait-il des médicaments ?

– Non, pas que je sache. En réalité, nous avions prévu un barbecue et nous étions tous les deux très occupés. Je n'ai pas fait attention à son état. Oh, je m'en veux. Si vous saviez comme je m'en veux ! s'exclama Esther.

Ethan regarda autour de lui. Le salon entièrement blanc était composé d'un mobilier ultramoderne. Près d'un piano à queue, il remarqua une photo de Steve Gates qui jouait au base-ball. Il s'approcha.

– C'est Mark McGwire ? demanda-t-il.

– Oui, c'est bien lui. C'était un ami proche de Steve, confirma Esther.

Ethan analysa la photographie. Steve y portait un gant et faisait mine de recevoir une balle.

– Votre mari était droitier ?

– Oui, répondit Esther. Pourquoi ?

– Comme ça, soupira Ethan en extirpant son petit sachet de graines de tournesol de sa poche.

CET INDICE PERMET-IL À L'INSPECTEUR ETHAN PY DE RÉSOUDRE LE MYSTÈRE DE LA MORT DE STEVE GATES ?

SOLUTION P. 198

LES MAINS INVISIBLES

† Les prémisses

Des vagues cristallines venaient mourir à intervalles réguliers sur le sable blanc d'anse La Farine, l'une des plus belles plages de l'archipel des Seychelles. Située sur l'île de Praslin, cette grève paradisiaque était peu fréquentée par les touristes, car uniquement accessible par la mer. En cette matinée radieuse, Jeremy et Sally, qui étaient en voyage de noces, marchaient main dans la main, les pieds nus dans l'eau tiède. Ils contemplaient le soleil qui se levait sur l'azur parfait, un sourire béat aux lèvres. Jeremy fit mine de shooter dans une noix de coco vide. Sa jeune épouse éclata de rire.

Soudain, celle-ci aperçut une silhouette étendue près d'un rocher en granite haut d'au moins cinq mètres, non loin d'un luxueux cottage dont la terrasse surplombait la plage.

– Sans doute du bois flotté ou une tortue géante, soupira Jeremy pour la rassurer. À moins que ce ne soit une sirène !

Le jeune couple avança jusqu'à découvrir la nature exacte de cette silhouette immobile qui se découpait à peine dans l'ombre projetée par de hauts palmiers.

– Elle dort ? s'inquiéta Sally.

– Je ne crois pas, répondit Jeremy.

– Alors quoi ?

– Je crois qu'elle est morte.

– Oh merde !

Devant eux, une superbe femme aux longs cheveux blonds, à moitié dévêtue, était allongée sur le sable immaculé. Une écharpe de soie vert pâle était enroulée autour de son cou et semblait serrée plus que de raison. De petits crabes à la carapace orange couraient le long de ses jambes.

– Je la reconnais, murmura Sally, horrifiée par cette découverte. C'est Paty Granado, le mannequin qui a épousé le célèbre joueur de football brésilien. Elle était en couverture de *Voici*, la semaine dernière…

– C'était Paty Granado, corrigea Jeremy, qui venait de chercher un pouls au poignet de la belle.

† L'enquête

Des mouettes rasèrent les vagues en piaillant. Au loin, des bateaux de plaisance filaient vers l'île de la Digue. Jeremy Poindron soupira et rajusta ses lunettes de soleil. Il pensait être en vacances. Et voilà que son métier le rattrapait au triple galop. Il essaya pendant un moment de chasser les réflexes, d'empêcher les automatismes… mais rien n'y fit. Jeremy Poindron était lieutenant de police. Il n'y pouvait rien.

L'air désolé, il regarda Sally, qui s'était éloignée du cadavre de Paty Granado pour aller s'asseoir sur un petit affleurement rocheux.

– Il faut appeler les secours ! cria-t-elle, les mains en porte-voix.

– Un instant, répondit-il.

– Non, maintenant !

– Il n'y a pas de réseau ! hurla Jeremy en brandissant son téléphone portable.

– Fais chier ! râla Sally, qui connaissait trop bien son mari.

– Juste une minute, se dit-il à lui-même en scrutant le cadavre.

Il observa sur le visage congestionné et au teint jaunâtre de la victime un parcheminement, consécutif à une déshydratation rapide. Paty Granado avait été étranglée. Cela lui semblait évident. Quelqu'un avait-il resserré le foulard autour de son cou ? Il examina les vêtements de la victime, chercha des désordres, des déchirures et tous les indices pouvant indiquer une lutte. Il ne trouva rien. Paty ne portait qu'un slip et un paréo, visiblement en parfait état. Ses cheveux n'étaient pas mouillés, mais parfaitement coiffés, ce qui indiquait que la mer ne l'avait pas rejetée et qu'elle était donc bien morte ici.

– Je te rappelle que nous sommes en voyage de noces ! cria Sally. Il est hors de question que tu t'occupes de cette affaire…

– Écoute, Sally, cette malheureuse est morte par strangulation. La police ne sera pas là avant un bon bout de temps, alors j'essaye de repérer le maximum d'indices.

– Putain de déformation professionnelle, souffla Sally.

Jeremy était désormais sûr que Paty Granado avait été étranglée. Mais par qui et comment ? L'assassin n'avait pu s'approcher par la mer, car même à marée haute, les eaux de l'océan Indien ne remontaient pas jusqu'à ce niveau de la plage. Il n'avait pas non plus marché sur la plage car, tout autour de la victime, Jeremy n'avait observé aucune autre trace de pas que celles de Paty, en provenance du cottage. Et un saut sur une telle distance était tout simplement inconcevable, même pour un athlète de haut niveau.

Des mains invisibles ont étranglé une superbe femme sur une plage déserte, songea Jeremy en fronçant les sourcils sous le soleil qui commençait à taper dur.

– Eh vous ! le héla soudain dans un anglais approximatif une voix grave.

Jeremy se retourna et vit foncer sur lui un homme en maillot de bain, musclé, les cheveux coupés courts et à la peau dorée. Il s'agissait de Ronald Granado, le célèbre joueur de football, avant-centre dans l'équipe de Manchester United.

– Tu fais quoi, là, avec ma femme ? demanda Ronald, l'air plus qu'énervé.

– Écoutez, je crains que…

– Dégage, fit le joueur de football en poussant Jeremy.

Face au cadavre de sa femme, il s'écroula comme un château de cartes et tomba à genoux. Jeremy crut l'entendre pleurer.

– Qu'est-ce qu'il s'est passé ? demanda Ronald après un petit temps.

– Je l'ignore, expliqua Jeremy. Nous nous promenions avec ma femme. (Il la montra du doigt.) Quand nous avons découvert le corps de votre épouse…

– Elle s'est noyée ?

– Je ne crois pas.

Ronald fixa son interlocuteur, l'air surpris.

– Je pense qu'on l'a étranglée. Ce n'est qu'une hypothèse. En France, je suis policier…

– Ça n'a pas de sens, protesta le joueur de football.

– J'étais en train d'essayer de comprendre et…

– Aidez-moi à la transporter, l'interrompit Ronald, qui avait soulevé le corps de sa femme par les épaules.

– Ce n'est pas une très bonne idée, objecta Jeremy. Il s'agit d'une scène de crime, nous ne pouvons pas la bouleverser…

– Je ne la laisse pas ici, asséna Ronald sur un ton catégorique.

Jeremy n'osa pas le contredire. Sous le regard de plus en plus inquiet et désapprobateur de Sally, il transporta le cadavre de Paty Granado jusqu'au cottage où séjournait le couple de célébrités. Là, les deux hommes l'étendirent sur une chaise longue, à l'ombre d'un auvent couvert de feuilles de palme séchées.

– C'est de ma faute, murmura Ronald.

– Comment ça ? demanda Jeremy sous le regard de Sally, qui venait de le rejoindre.

Le joueur de football hésita un instant, renifla bruyamment et se lança.

– On a fait la fête hier, expliqua-t-il. J'ai beaucoup bu. Je me suis écroulé comme une souche vers minuit. Paty était encore en vie. Je viens d'émerger, il y a quelques minutes seulement. Et je la retrouve morte… Merde, un truc m'échappe !

– La fête ? Avec qui ? s'étonna Jeremy, qui n'imaginait pas comment on pouvait s'amuser dans un endroit aussi désert.

– Avec des amis qui résident à l'hôtel Bellevue et un couple qui a loué un grand bungalow non loin d'ici. Des Belges, des forains je crois… Le mari a dit qu'il était dresseur de fauves ! C'est tout ce dont je me souviens.

– Dresseur ? Vous êtes sûr ?

– Oui, parce qu'il a fait mourir de rire Paty en lui mimant un lion en rut qui refusait d'obéir, répondit Ronald en caressant affectueusement les cheveux de sa femme.

– Il faut vite prévenir la police ! s'exclama Jeremy.

– Il y a un téléphone, là.

– Je sais comment on a tué votre femme, souffla Jeremy Poindron.

QUEL INDICE PERMET À JÉRÉMY POINDRON D'ÊTRE SI SÛR DE LUI ?

SOLUTION P. 200

LE CERCLE BRISÉ

† Les prémisses

Mathias Colin venait de perdre son fils dans un tragique accident de voiture. Fou de douleur, il décida de rencontrer un médium afin de nouer un lien spirituel avec son enfant. Sa femme, Katia, réticente, l'accompagnait. Le couple avait rendez-vous avec Zavor, un célèbre marabout d'origine africaine qui les reçut dans sa somptueuse villa de Marne-la-Coquette, près de Paris. Ce dernier leur proposa de participer à une séance de groupe, arguant du fait que les forces psychiques réunies de plusieurs personnes étaient nécessaires pour entrer en contact avec un enfant mort. Les époux Colin acceptaient.

Zavor les accompagna dans une grande pièce ovale dont les murs étaient tapissés de tissu rouge. Dans la salle dédiée au spiritisme attendaient trois autres personnes : Patricia Viro, une veuve éplorée qui cherchait à parler à son mari défunt, Hugo Rébéna, un dessinateur qui avait perdu l'inspiration, et Greg Solo, un journaliste qui avait mis Zavor au défi de lui prouver qu'il n'était pas un charlatan.

– Chers amis, commença Zavor. Formez un cercle autour de cette chaise sur laquelle je vais prendre place et tenez-vous les mains.

Le mage s'assit et tous suivirent ses instructions avec plus ou moins de fébrilité selon les profils.

– Je vais entrer en transe, annonça Zavor. Avant, je vais éteindre la lumière grâce à cette télécommande. Je vous informe que parmi nous, aujourd'hui, se tient un sceptique. Pour lui prouver que je suis un honnête messager des morts, je porte un col de chemise enduit d'une substance phosphorescente. Ainsi, vous pourrez tous constater que ce n'est pas moi qui me déplace dans les ténèbres, mais les spectres que nous allons convoquer.

La lumière décrût progressivement, jusqu'à s'éteindre. Plongés dans l'obscurité, Mathias et Katia Colin réprimèrent un frisson. Seul le col de Zavor luisait encore. Le médium commença ses invocations. Soudain, un horrible cri retentit dans le noir. La lumière rallumée en urgence révéla Zavor, un couteau dans la gorge. Et personne n'avait rompu le cercle durant la séance, car tous s'étaient tenus par la main…

† L'enquête

La petite assemblée était sous le choc. Le cadavre de Zavor, le grand médium, semblait les regarder, les yeux grands ouverts, exorbités. Son visage s'était figé dans un abominable rictus douloureux. Dans son cou, un couteau de cuisine était profondément enfoncé. La blessure avait déchiré une artère et le sang coulait abondamment, dégoulinant sur le costume blanc du médium.

– Il faut appeler la police, murmura Katia Colin, au bord de la crise de nerfs.

– Ah, pas question ! s'exclama Greg Solo, le journaliste, en se plaçant devant la seule porte de la pièce.

– Et pourquoi donc ? objecta Mathias, prêt à prendre la défense de sa femme.

– Parce que le meurtrier de Zavor est ici. Et je ne le laisserai pas sortir ! rétorqua Solo.

– C'est impossible, murmura Hugo Rébéna, le dessinateur. Aucun d'entre nous n'a pu tuer le médium. Nous nous tenions tous la main quand il a crié. Le cercle n'a pas été brisé…

– Il n'a pas tort, intervint Patricia Viro, la veuve. Est-ce que quelqu'un a senti une main qui se dérobait ?

Tout le monde se regarda avec un air suspicieux.

– On ne peut même pas soupçonner ce couple d'une éventuelle connivence, je les séparais, expliqua le journaliste, qui semblait décidé à ne pas bouger de devant la seule issue de la pièce ovale.

– Alors qui ? interrogea Mathias.

– Un fantôme, je ne vois que cette explication, répondit Patricia le plus sérieusement du monde.

– Madame, sauf votre respect, ce médium était un charlatan, rétorqua le journaliste. J'étais sur le point de le démasquer. Et s'il n'était pas mort, tout Paris n'aurait pas tardé à apprendre que le grand Zavor n'était en vérité qu'un escroc.

– Homme de peu de foi, souffla la veuve.

– Je crois ce que je vois, rétorqua le journaliste. Et ce que je vois, c'est un crime commis dans une pièce fermée. Et quatre suspects…

– Cinq, corrigea Mathias.

Le journaliste acquiesça de la tête.

– Vous avez raison, incluons-moi dans la liste des coupables potentiels.

Mathias observa le couteau planté dans la gorge du médium.

– Il a pu être lancé à distance, remarqua-t-il.

– Dans l'obscurité la plus totale, le tir risquait de ne pas être très précis, objecta le journaliste.

– Le col phosphorescent constituait un bon repère, poursuivit Mathias en tournant autour du cadavre assis dont la tête était légèrement inclinée en arrière.

– Ce col a servi au tueur, cela ne fait aucun doute, soupira le journaliste. Mais si l'on admet que le couteau a été lancé, la question reste entière. Comment ? Car nous nous tenions tous les mains. Et personne n'a pu entrer dans cette pièce…

– La porte était-elle fermée ? demanda la veuve.

Le journaliste posa la main sur la poignée en porcelaine et la tourna. Le battant s'ouvrit, libérant un flot de lumière en provenance du bureau très éclairé de Zavor.

– Si quelqu'un avait ouvert la porte, dans le noir, nous aurions été alertés par la luminosité qui se serait déversée dans la pièce, expliqua le journaliste comme s'il l'avait toujours su.

– Maintenant, ça suffit ! protesta la veuve. Je veux que quelqu'un appelle la police.

– Vous avez quelque chose à vous reprocher ? demanda le journaliste.

– Non, mais votre comportement est plus qu'étrange, monsieur, répondit la veuve.

– Ce n'est pas la première fois que vous venez ici, lança le journaliste.

Le visage de la veuve se figea dans une expression de surprise.

– Vous venez régulièrement depuis la mort de votre mari. Combien vous a soutiré cet escroc ? Une fortune ? Et pour quoi ? Pour vous faire croire que votre époux pouvait entrer en communication avec vous ? Je pense que vous avez découvert la supercherie et que pour vous venger, vous avez décidé de tuer Zavor !

– C'est ridicule, protesta la veuve.

– Je le pense aussi, intervint le dessinateur. Madame est trop âgée et pas assez forte pour avoir enfoncé une lame aussi profondément.

– Vous êtes légiste ? interrogea le journaliste.

– C'est juste du bon sens, répondit le dessinateur en haussant les épaules.

Mathias regarda sa femme, qui semblait nauséeuse. Il la prit dans ses bras et la réconforta.

– Vous êtes bien informé, lança-t-il à l'adresse du journaliste.

– C'est mon métier. Un journaliste lit les journaux... Il n'a pas besoin de boule de cristal !

– On fait quoi, alors ? interrogea Mathias.

– Vous deux, vous n'aviez aucune raison objective de tuer Zavor. Et sachez que je compatis au drame que vous avez vécu. Les deux autres, je ne sais pas... Mais je ne laisserai personne sortir avant d'en avoir le cœur net.

– Là, il déraille, intervint le dessinateur.

– Monsieur Rébéna, vous ne nous avez pas expliqué pourquoi vous êtes venu voir Zavor !

– Taisez-vous !

– Mais non, cela peut éclairer la situation, insista le journaliste. Saviez-vous que la femme de M. Rébéna l'avait trompé avec Zavor ?

Les visages prirent les couleurs de la stupéfaction.

– Ferme-la, sinon je vais te casser la gueule, menaça le dessinateur, poings fermés.

– Ça ne fera que prouver que vous êtes capable de violence, souffla le journaliste.

– Il est complètement fou ! s'exclama la veuve en essayant de forcer le passage.

– Arrêtez ! hurla le journaliste en la repoussant.

Ce cri résonna en Mathias, parcourut son cerveau, remonta le fil de sa mémoire. Et soudain, la connexion se fit. Il venait de comprendre.

– Vous faites du sport, monsieur Solo ? demanda-t-il avec le plus grand naturel.

– Quelle question, bien sûr, je m'entretiens. Je cours le marathon cette année, d'ailleurs, annonça-t-il fièrement.

– Vous êtes donc rapide ? insista Mathias.

– Je fais de la course de fond, mais je ne suis pas mauvais au cent mètres, se vanta Solo.

Mathias adressa un clin d'œil furtif au dessinateur. Ce dernier comprit immédiatement le signal. Les deux hommes se précipitèrent sur le journaliste et le ceinturèrent.

– Qu'est-ce que vous faites ? Vous êtes malades ? cria ce dernier en se débattant.

– Je sais qui a tué Zavor, se contenta de répondre Mathias sous le regard interloqué de sa femme.

COMMENT MATHIAS POURRA-T-IL PROUVER QUE SOLO EST COUPABLE DE LA MORT DE ZAVOR ?

SOLUTION P. 201

Paranoïaque !

† Les prémisses

Sutter Kane était un milliardaire américain qui avait fait fortune dans les systèmes de sécurité. Âgé de soixante-dix ans, il était devenu totalement paranoïaque et vivait dans une somptueuse demeure transformée en bunker sur la côte est des États-Unis, près de Boston. Sa villa truffée de technologie était censée le protéger de toutes sortes d'agressions. En effet, Kane était persuadé que le gouvernement complotait pour l'assassiner depuis que son groupe industriel avait vendu des systèmes d'espionnage électroniques à des pays ennemis.

Ce matin-là, à 9 heures précises, Howard Seren, le chef de la sécurité de Kane, inspectait comme chaque jour les points névralgiques de la propriété. Il salua le gardien qui veillait devant la porte de la chambre de Kane.

– Rien à signaler ? demanda-t-il sur un ton martial.

– Tout va bien, monsieur, répondit le grand costaud en se mettant au garde-à-vous.

Soudain, en provenance de la chambre du milliardaire, une alarme stridente retentit. Sans hésiter, les deux hommes saisirent leur arme, logée sous leur veste dans des holsters en cuir, et pénétrèrent dans la pièce.

Là, ils découvrirent le corps de Sutter Kane, la gorge tranchée, gisant au pied de son lit à baldaquin et baignant dans une marre de sang. Non loin du cadavre reposait un fil à couper le beurre sanguinolent. Sans aucun doute l'arme du crime. Les fenêtres étaient closes. Les gardes ne trouvèrent personne dans la chambre. L'alarme ne se déclenchait pourtant que lorsque quelqu'un pénètrait dans la pièce, et seul Kane pouvait la commander depuis son lit.

– Comment est-ce possible ? se demanda Howard Seren en passant la main sur son crâne rasé.

† L'enquête

Howard se tenait debout près du cadavre de Sutter Kane. Il ne comprenait pas comment un tel drame avait pu se produire. Dans la pièce, ses hommes s'affairaient. Il avait donné des ordres pour que l'on appelât la police et que l'on fouillât toute la propriété à la recherche d'indices. Le chef de la sécurité savait d'expérience qu'il ne fallait pas perdre de temps. Le temps était l'ami des tueurs.

Il regarda autour de lui. Les lieux semblaient comme figés et se paraient soudain d'une aura irréelle. Howard avait failli. Il avait échoué dans sa mission principale. Son regard vaincu tomba sur les lames du parquet. Le plancher de la chambre était conçu pour détecter la moindre variation de poids. Sutter Kane pesait soixante-cinq kilos. Sitôt l'alarme enclenchée *via* un panneau de commande situé près du lit, toute charge supplémentaire appuyant sur le sol déclenchait immanquablement le hurlement d'une sirène.

– C'est incompréhensible, murmura le chef de la sécurité. Les murs sont renforcés en kevlar, les fenêtres et la porte blindées. La chambre bourrée d'électronique…

– J'avoue que ça dépasse l'entendement, souffla le garde qui avait découvert le corps avec Howard.

– Il n'y a pas eu de rupture dans la chaîne de surveillance ? esquissa ce dernier.

– Je suis resté devant la porte de 3 heures du matin à 9 heures ce matin, assura le garde. La caméra de vidéosurveillance du couloir peut le prouver !

– Et avant ?

– C'est James qui a assuré la surveillance. Je l'ai remplacé à 2 h 55.

Howard savait qu'il pouvait faire confiance à ses hommes. Des anciens mercenaires triés sur le volet et très bien payés. Des professionnels loyaux et d'une efficacité redoutable.

– Personne n'est rentré ?

– Si, la fille de M. Kane, à minuit moins dix, répondit le garde en consultant une tablette tactile sur laquelle étaient consignés les faits survenus durant la surveillance de nuit. Elle est restée à peine dix minutes.

– Mais l'alarme s'est déclenchée à 9 h 02. Elle ne peut donc être notre coupable, soupira Howard en s'asseyant sur le lit.

Un crissement attira son attention. Il venait d'écraser une poche en plastique qui se trouvait sous les draps, près du bord du matelas. Il ne s'en soucia pas plus que cela et rejeta sa tête en arrière en faisant craquer ses vertèbres. *Toute une débauche de systèmes de sécurité, plus performants les uns que les autres, et pour quel résultat ?* songea-t-il. *Le vieux se croyait à l'abri d'une conspiration nationale et le voilà qui se retrouve égorgé dans une* panic room, *une pièce censée le protéger de tous les dangers...* Un garde le tira de ses pensées.

– Monsieur, je viens de recevoir un appel de Steve, qui dirige les recherches à l'extérieur. Ils n'ont rien trouvé. Les caméras de surveillance n'ont enregistré aucun intrus pénétrant dans la propriété. Les chiens sont restés sages comme des images...

– Fais chier, jura Howard en se relevant.

Son pied buta contre un objet qui glissa sur le parquet. Il regarda le fil en laiton muni de deux poignées métalliques qu'il avait maladroitement éloigné du cadavre de Sutter Kane. L'arme était parfaite : tranchante et discrète, elle se roulait et se glissait sans problème dans un sac ou une poche. Howard, durant la guerre en Irak, avait eu l'occasion de s'en servir lui-même, lors d'une opération commando dans la banlieue de Bagdad.

– Monsieur, vous n'ignorez pas que Sutter Kane ne s'entendait pas avec sa fille, murmura le garde à son supérieur.

– Ça ne fait pas d'elle une meurtrière, objecta Howard en fusillant du regard son interlocuteur.

– Il n'empêche qu'ils passaient leur temps à s'engueuler. Nous en avons tous été témoins. Elle est son unique héritière. La fortune de M. Kane est tellement colossale que la tête de Mlle Virginie a peut-être un peu trop tourné…

– Ça suffit, le coupa sèchement Howard. Si elle l'avait tué, comment expliquez-vous que l'alarme se soit réenclenchée après son départ. Seul M. Kane pouvait la contrôler, grâce à ça.

Howard montra un petit panneau de contrôle encastré dans un mur près des rideaux, à côté du lit.

– Admettons que Virginie Kane a égorgé son père, poursuivit le chef de la sécurité. Elle actionne l'alarme sur l'écran tactile avant de partir, mais son poids la trahit dans la seconde. Elle ne pèse pas bien lourd, mais suffisamment pour affoler les détecteurs…

– Elle a peut-être procédé autrement, risqua le garde.

– Vous suggérez qu'elle a quitté la pièce en volant ?

– Non, mais qu'elle a peut-être utilisé ceci, répondit le garde en montrant une petite boule rose coincée entre son pouce et son index.

– Qu'est-ce que c'est ?

– Une boule de cotillon en cellulose que l'on a retrouvée sous le lit. Au début, je l'avais mise dans ma poche sans me douter de son importance.

– Vous vous fichez de moi ? s'exclama Howard en prenant la petite boule dans sa main et en la soupesant au creux de sa paume.

– Pas du tout, monsieur, et je suis même prêt à vous montrer comment elle a procédé.

– J'espère que votre démonstration sera convaincante, parce que sinon, vous êtes viré sur-le-champ, prévint Howard sur un ton qui ne laissait aucun doute quant à sa détermination.

COMMENT LA FILLE DE SUTTER KANE A-T-ELLE PROCÉDÉ ?

SOLUTION P. 203

Lettre mortelle

† Les prémisses

Le *smog* se retirait lentement sous l'averse qui avait frappé la ville sans prévenir en fin de journée. On n'y voyait guère mieux, mais les piétons appréciaient ce surcroît de clarté, surtout en période de soldes.

La pluie trempait le trottoir londonien de Brompton Road dans le quartier de Knightsbridge qu'arpentait Mlle Bridget Hollow. Abritée par son large parapluie, la jeune femme venait de faire des courses chez Harrods et rentrait chez elle d'un pas rapide, un sac rempli de confitures à la main. Elle savait que son employeur, George Plum, un célèbre biographe, ne supportait pas qu'elle fût en retard pour l'heure du thé. La rédaction de son dernier livre, consacré au Premier Ministre britannique actuel, accaparait tout son temps et toute son énergie, le rendant encore plus susceptible que de coutume.

Bridget accélèra le pas, en soupirant.

À 16 h 50, elle tourna enfin la clé dans la serrure et poussa la porte d'entrée du grand appartement où habite Plum. Celle-ci lui résista. Bridget crut entendre un gémissement. Elle insista, força avec l'épaule. Enfin, le lourd battant se déplaça dans un bruit de frottement, libérant suffisamment d'espace pour que la fine Mlle Hollow pût s'immiscer.

Une fois à l'intérieur, elle découvrit ce qui en empêchait l'accès : le cadavre de George Plum, effondré sur le carrelage dans une mare de sang. Bridget ne put se retenir de hurler, avant de paniquer. Le meurtrier était peut-être encore dans l'appartement ? Prudemment, elle s'empara de son téléphone portable et appela la police.

† L'enquête

Dans la cuisine, Bridget tremblait comme une feuille. La bouilloire se mit à siffler et la fit sursauter.

– Ça va ? lui demanda gentiment un policier en uniforme.

– C'est horrible, je ne comprends pas, sanglota Bridget.

– L'inspecteur Wrens est un limier redoutable. Il va mettre la main sur le coupable, et rapidement, assura le policier. En plus, il adorait les livres de M. Plum, surtout sa biographie de Winston Churchill...

Bridget, un brin rassurée, proposa du thé au représentant des forces de l'ordre qui manifestement avait décidé de la consoler avec tact. Il refusa poliment, et resta debout devant la table.

– Madame Hollow ? demanda un homme brun aux yeux bleus en entrant dans la cuisine avec allant.

– Mademoiselle, corrigea Bridget en se brûlant la langue avec le thé bouillant.

– Inspecteur Clark Wrens de New Scotland Yard. Je suis en charge de l'affaire, expliqua l'homme en s'asseyant devant Bridget.

Elle le regarda de travers, intimidée. Il était plutôt beau, selon ses critères. Son visage était doux et apaisant.

– Je suis navré, soupira-t-il.

– Merci, marmonna Bridget, qui essayait de se dissimuler derrière les volutes tièdes qui émanaient de sa tasse.

– Vous travaillez pour M. Plum depuis combien de temps ?

– Sept ans, aujourd'hui.

– Ça ne fait que rendre les choses plus difficiles…

– C'était un homme bien. Je ne comprends pas pourquoi on l'a tué !

– Quand vous êtes rentrée, la porte était-elle close ?

– Les trois verrous étaient fermés. Il faut des clés spéciales pour les ouvrir. Il n'en existe que deux jeux. J'en possède un et M. Plum conservait le second, expliqua Bridget. L'assassin a dû rentrer par une fenêtre et…

– Impossible, mademoiselle, toutes les fenêtres étaient fermées, l'interrompit l'inspecteur Wrens. Peut-être que M. Plum a ouvert la porte à son assassin ?

– M. Plum était paranoïaque, il n'aurait jamais ouvert à qui que ce soit qu'il ne connaissait pas, répondit Bridget.

Elle but une gorgée de thé et se mit soudain à pleurer.

– Ne vous inquiétez pas. Nous allons trouver qui a fait ça, intervint l'inspecteur en posant sa main sur celle de Bridget.

– Franchement, je l'espère. Parce que ce n'est pas juste…

– Quelqu'un était-il présent dans l'appartement quand vous avez découvert le corps de M. Plum ?

– Non, je ne crois pas. J'ai eu peur que le meurtrier soit encore là, alors je n'ai pas vérifié. J'ai appelé tout de suite la police…

– Vous avez bien fait.

– Je suis restée dehors, devant la porte, et personne n'est sorti. Ça, je peux vous l'assurer.

L'inspecteur Wrens retira la main qu'il avait posée sur celle de Bridget. Il avisa le policier en uniforme qui se tenait près de la cuisinière.

– A-t-on retrouvé l'arme du crime ? interrogea Wrens.

– Non, répondit le policier. Le légiste affirme que c'est une lame qui est responsable de sa blessure au niveau des poumons.

– L'heure de la mort ?

– Entre 16 heures et 16 h 30, toujours selon le légiste. Il est persuadé que M. Plum n'est pas mort tout de suite…

– Oh mon Dieu ! C'est lui que j'ai entendu lorsque j'essayais d'ouvrir la porte, sanglota Bridget.

– En réalité, il est mort d'une hémorragie, compléta le policier, achevant de mettre Bridget sens dessus dessous.

La jeune femme enfouit sa tête dans ses bras croisés et pleura longuement. L'inspecteur Wrens savait d'expérience qu'il fallait laisser filer la douleur. Il attendit quelques minutes, en silence. Enfin, Bridget se calma.

– Vous voulez un mouchoir ? demanda Wrens qui en avait préparé un.

– Merci, fit Bridget en s'en saisissant.

Elle se moucha bruyamment, puis planta son regard défait dans les yeux bleus de l'inspecteur.

– Il y avait une enveloppe à côté du corps de M. Plum, marquée d'un tampon « Urgent et fragile », expliqua l'inspecteur. Vraisemblablement déposée *via* la fente de courrier pratiquée dans la porte d'entrée. Mais à l'intérieur, nous n'avons retrouvé qu'un tas de feuilles blanches.

– C'est moi qui commandais les ramettes de papier de M. Plum. Jamais il ne s'occupait de ça. Et en plus, je n'aurais pas acheté quelques feuilles, mais un paquet de cinq cents minimum, objecta Bridget.

– Vous n'avez donc rien commandé ?

– Non.

– Ni M. Plum ?

– Je vous l'ai dit, il ne s'occupait pas de ce genre de tâche. Surtout pas depuis qu'il avait entamé l'écriture de son prochain livre…

– Quel en est le sujet ? interrogea l'inspecteur, l'air intéressé.

– Le Premier Ministre, répondit Bridget.

L'inspecteur siffla en écarquillant les yeux.

– Sujet sensible. Connaissant les opinions politiques de M. Plum, cet ouvrage sera sans aucun doute polémique ! s'exclama-t-il.

– On ne le saura jamais, souffla Bridget en haussant les épaules.

– Pourquoi donc ? s'inquiéta Wrens.

– Parce qu'il a disparu. M. Plum tapait à la machine à écrire. J'étais chargé de retranscrire ce tapuscrit sur ordinateur. La pile de feuilles sur mon bureau a disparu.

– Le meurtrier l'aurait volé ?

– Sans doute, mais comment est-il entré ? objecta Bridget.

– Ça, je commence à avoir ma petite idée, murmura l'inspecteur Wrens. Je suppose qu'il existe une copie.

– Non, la copie, c'était à moi de la faire et je n'ai pas eu le temps… Je n'ai même pas commencé à retranscrire une seule page sur un traitement de texte.

L'inspecteur se leva. Il fit un signe au policier, qui sortit immédiatement ses menottes et les passa aux poignets de Bridget.

– Qu'est-ce qui vous prend ? protesta-t-elle.

– Je vous arrête, répondit l'inspecteur.

– Pour le meurtre de M. Plum ? Vous êtes fou !

– Non, pour le vol de son manuscrit.

Mlle Hollow est-elle également responsable de la mort de George Plum ?

Solution p. 205

Tout un fromage !

† Les prémisses

La présentatrice Natasha Vio était anxieuse. Elle tournait en rond sur le plateau de télévision en relisant ses fiches. Autour d'elle, les caméramen se mettaient en place. En régie, Paul, le rédacteur en chef de l'émission, donnait les consignes. Natasha le voyait s'agiter en silence à travers l'épaisse baie vitrée qui les séparait. Ce soir, elle recevait en direct Philip Toukan, le célèbre nutritionniste dont le dernier livre, *Comment mincir sans rien faire en 100 recettes*, caracolait en tête des meilleures ventes depuis des semaines. L'homme avait la réputation de ne pas être un bon client, imbu de lui-même et désagréable avec les journalistes. Son contradicteur et principal concurrent, Arnold Levan, était déjà sur le plateau. La maquilleuse lui administrait les dernières retouches cosmétiques.

– Il est où, bon Dieu ! grogna Paul, sorti de la régie.

– Dans sa loge, répondit Natasha en classant ses fiches.

– Vous êtes à l'antenne dans cinq minutes. Quelqu'un est allé le chercher ? s'énerva Paul.

– J'en sais rien. Tu veux que j'y aille ? souffla Natasha.

– Ça serait bien.

La présentatrice s'exécuta en pestant mentalement contre Paul, qui manifestement la prenait pour une stagiaire. Elle arriva devant la loge du nutritionniste et frappa à la porte.

– Monsieur Toukan, l'émission commence dans quelques minutes !

N'obtenant pas de réponse, Natasha tenta d'ouvrir la porte, mais celle-ci était fermée. Elle appela la sécurité. L'un des vigiles, qui possèdait un passe-partout, déverrouilla l'accès. Natasha entra la première et découvrit le corps de Philip Toukan étendu sur un sofa, sa chemise tachée de rouge. Il était mort.

† L'enquête

Sur le plateau de télévision, c'était l'affolement général, l'invité vedette de l'émission présentée en *prime time* par la journaliste Natasha Vio avait été retrouvé mort dans sa loge fermée de l'intérieur. Mais surtout, le célèbre nutritionniste Philip Toukan, dont les livres triomphent en librairies, ne pourrait honorer le direct !

– C'est quoi ce bordel ? s'exclama Paul, le rédacteur en chef.

– Toukan est mort, souffla Natasha, qui n'en revenait pas. Sa loge était fermée. Omar, de la sécurité, l'a ouverte grâce à un passe-partout et j'ai découvert son cadavre sur le sofa…

La présentatrice rejeta sa tête en arrière et fit craquer ses vertèbres.

– Il nous flingue le direct, s'agaça le rédacteur en chef en se mordillant les lèvres.

– T'es incroyable, un homme est mort et toi tu ne penses qu'à ta putain d'audience, s'indigna Natasha en esquissant un mouvement de recul.

– On va pas en faire un fromage. Il paraît que c'était un con, rétorqua Paul.

– Ton cynisme me file la gerbe… T'as vraiment pas de cœur.

– Tu as vu le cadavre ? C'était comment ? demanda le rédacteur en chef, une lueur morbide dans le regard.

– Quand je suis entrée dans la loge, il était étendu sur le sofa. J'ai cru qu'il dormait. Puis je me suis rendu compte que son visage était pâle… Omar a cherché un pouls et m'a juste dit que c'était fini.

– C'est pas cool de mourir comme ça.

– Il y avait un plateau de fromage, d'origine danoise je crois, et une bouteille de vin près de lui.

– Le diététicien se soignait ! Je ne savais pas qu'on servait des plateaux de fromage aux invités…

– Moi non plus, ça m'a intriguée. Sans doute une demande particulière…

– Tu crois qu'il s'est suicidé ?

– Sa chemise était rouge, tachée de vin ou de sang, je ne me suis pas suffisamment approchée pour faire la différence. Il avait l'air de quelqu'un qui a mis fin à ses jours… Enfin, je présume, parce qu'à vrai dire, je n'ai jamais vu de suicidé.

– Dommage que ce ne soit pas un meurtre, soupira Paul. On boostait l'audience à coup sûr ! Je vois déjà l'accroche : « Le célèbre nutritionniste Philip Toukan assassiné juste avant une émission de télévision ! »

Natasha soupira face à tant de vulgarité et de manque d'empathie. Carola, une régisseuse, la salua alors qu'elle portait un paquet de mouchoirs en papier à la maquilleuse, effondrée par la nouvelle.

– Est-ce que tu sais pourquoi il y avait un plateau de fromage dans la loge de Toukan ? lui demanda au passage Natasha.

– Non. Le fromage, c'est l'autre invité qui l'a demandé à son arrivée, expliqua Carola. C'est horrible, ce qu'il vient de se produire… Il paraît que c'est toi qui as découvert le cadavre…

Natasha acquiesça d'un petit mouvement de la tête, attrapa un mouchoir et s'essuya le nez.

– Tu es sûre que c'est Arnold Levan qui a commandé du fromage ? insista-t-elle.

– Hé, chérie, ça fait quinze ans que je bosse ici. Si je te dis que le plateau de fromage a été commandé par Levan, c'est que c'est vrai. Je m'en souviens parfaitement parce qu'il a demandé expressément du cheddar. Et que je ne savais pas ce que c'était, expliqua la régisseuse.

– Mais le fromage que j'ai vu n'était pas du cheddar, mais un fromage danois, dont j'ai oublié le nom…

– Impossible, je suis allée l'acheter moi-même !

– Merci Carola, répondit Natasha.

– De rien, souffla la régisseuse, vexée qu'on ait mis en doute son professionnalisme. Tu sais, tes deux invités occupaient des loges voisines, on ne pouvait pas se tromper.

Natasha regarda la régisseuse s'éloigner, l'air pensif. Elle se remémora un documentaire qu'elle avait visionné quelques jours auparavant.

– Tu soupçonnes quelque chose ? demanda Paul.

– Non, mais cette histoire de plateau de fromage est curieuse.

– Levan est arrivé très en avance. Il avait peut-être une petite faim ? On a reçu des invités qui nous réclamaient des trucs bien plus bizarres !

– Mais pourquoi son plateau a-t-il fini dans la loge de son concurrent ? Tu dis qu'il est arrivé très en avance ?

– Ouais, au moins une heure avant l'horaire prévu. C'est moi qui suis allé lui serrer la paluche, répondit Paul.

Natasha passa une main dans ses longs cheveux blonds. Elle regarda autour d'elle. Des policiers traversaient le plateau de télévision. Elle extirpa de la poche de sa veste les petites fiches préparées par son assistant pour l'émission et se mit à en lire une à voix haute.

– « Est-ce qu'un régime trop radical comme ceux que vous proposez peut conduire un patient à la dépression ? »

– Je ne te suis pas ! s'exclama Paul, l'air interloqué.

– Il est de notoriété publique que Toukan soignait sa dépression nerveuse depuis la perte de sa femme en 1999, expliqua Natasha. Il prenait des antidépresseurs…

– Comme beaucoup de monde, je crois, railla Paul.

– Il faut que je vérifie quelque chose sur Internet. Mais je crois que quelqu'un a assassiné Philip Toukan, murmura Natasha, l'air grave.

– Ça, c'est un putain de scoop ! s'exclama Paul. Mais… la loge n'était-elle pas fermée de l'intérieur ? Comment tuer quelqu'un qui est enfermé dans une pièce close ?

Natasha haussa les épaules et anéantit la remarque du rédacteur en chef en quatre mots.

– Il a été empoisonné…

Quel détail permet à Natasha d'affirmer que Philip Toukan a été assassiné ?

Solution p. 207

LA TOUR PREND GARDE

† Les prémisses

Quarante-cinq degrés Celsius, cette journée était chaude, très chaude. Les eaux toutes proches du golfe Persique ne parvenaient plus à rafraîchir l'air sec en provenance du désert qui étouffait la ville de Dubaï. Sur le chantier de la tour Zephyr, la plus haute du monde, les ouvriers s'affairaient malgré les conditions météorologiques extrêmes. L'incroyable bâtiment devait être livré dans deux mois. Et les termes du contrat étaient clairs, tout retard entraînerait d'énormes pénalités.

Dans un vaste module préfabriqué, au pied de la tour en cours d'achèvement, une réunion houleuse opposait chefs de chantier et architectes.

– C'est l'été, les températures empêchent les ouvriers de travailler une bonne partie de la journée ! s'exclama Farid, l'un des conducteurs de travaux.

– Trouvez une solution ! Ce chantier doit impérativement être achevé dans les temps, rétorqua Alex Yale, l'un des architectes concepteurs du gigantesque édifice.

– Hier, deux hommes ont été victimes d'insolation. Je refuse de continuer dans ces conditions. On risque l'accident… expliqua Farid.

– Le patron a donné des ordres ! Tu obéis ou tu dégages, s'énerva l'architecte.

Soudain un coup de feu résonna, en provenance du bureau de Max Wool, le patron de la société de construction en charge de la tour. Toute l'équipe présente en salle de réunion se précipita. Farid enfonça la porte du bureau, fermée de l'intérieur. Il était le premier à découvrir le cadavre de Max Wool. Il s'était apparemment donné la mort, ainsi qu'en témoignait l'enregistrement sur son dictaphone numérique qui était encore en marche…

† L'enquête

Sharif Alha était le responsable de la police de Dubaï. Il arriva seul sur le chantier de la tour. L'essentiel de ses hommes étant retenus sur une alerte à la bombe dans un centre commercial. L'urgence était là. Un éventuel suicide passait après.

L'homme, un grand brun à moustache, était surnommé « Cheikhlock », un jeu de mots associant le mot arabe *cheik*, « sage », et le prénom de l'illustre détective Sherlock Holmes. Sharif avait la réputation, non usurpée, d'être un fin limier. Il avait de nombreuses fois résolu de retorses affaires locales. Célibataire endurci, concentré sur son métier et d'une intelligence redoutable, Sharif Alha était prophète en son pays.

Le policier entra dans l'ombre projetée par l'immense tour et leva la tête en se tordant la nuque. Il ne parvint pas à distinguer le sommet et se demanda jusqu'où l'arrogance des hommes les entraînerait, puis entra dans le module préfabriqué où l'attendaient les architectes et les chefs de chantier.

– Merci d'être venu aussi rapidement, dit Alex Yale en avançant vers Sharif. Je suis, enfin, j'étais l'associé de Max Wool.

– Vous n'avez pas à me remercier, c'est mon boulot, se contenta de répondre le policier, visage fermé.

Il observa l'assemblée, qui avait formé un demi-cercle devant lui.

– Il y a trois quarts d'heure, nous avons entendu un coup de feu, expliqua l'architecte. Nous nous sommes précipités vers le bureau de M. Wool d'où provenait la détonation. La porte de son bureau était fermée…

– Je l'ai enfoncée, intervint Farid.

– Et nous l'avons trouvé mort, une balle dans la tête, poursuivit Yale.

– Le bureau de M. Wool était-il fermé ? demanda Sharif.

– Oui, confirma Yale.

– Qui possédait la clé ? insista le policier.

– Il n'en existe à ma connaissance que deux exemplaires. Celle du chef de la sécurité du chantier, Yul Fry, ici présent.

Yale désigna un petit homme trapu, cheveux ras, regard métallique.

– Je l'ai toujours sur moi, confirma-t-il, l'air martial.

– Et celui de Wool, poursuivit l'architecte.

– Quelqu'un est-il sorti du bureau entre le coup de feu et la découverte du cadavre de M. Wool ? demanda Sharif.

– Non, monsieur, répondit Fry, le chef de la sécurité. Si quelqu'un était sorti du bureau à ce moment-là, nous l'aurions tous vu.

– Pourquoi ? s'étonna Sharif.

– Parce qu'il aurait obligatoirement transité par la salle de réunion où nous nous tenions, expliqua Fry.

– C'est le seul passage ?

– Oui, monsieur, répondit Fry. Les fenêtres du bureau de M. Wool sont munies de barreaux.

– Pouvez-vous m'accompagner jusque-là ? demanda Sharif à Fry.

*

Sharif pénétra dans le bureau, tous les sens en éveil. Il remarqua la porte défoncée par Farid dont les gonds avaient été arrachés. Les fenêtres munies de barreaux qui donnaient sur le chantier à l'arrêt. Il s'attarda également sur une maquette qui représentait la tour Zephyr achevée, plantée au milieu de la *skyline* de Dubaï.

Puis son regard tomba sur le cadavre de Max Wool étendu au pied de sa chaise, derrière son bureau. Seule sa tête blessée dépassait. Une flaque de sang avait maculé le linoléum gris qui recouvrait le sol. Sharif contourna le bureau en évitant l'hémoglobine et approcha. Il vit le revolver que tenait Wool dans sa main droite.

– La victime est tombée de sa chaise… murmura Sharif, le notant mentalement.

– M. Wool avait enregistré un message, expliqua Fry en montrant le dictaphone numérique. L'enregistreur était encore en marche quand nous sommes entrés.

Sharif s'accroupit, mit des gants et fouilla dans les poches de la victime. Il ne tarda pas à trouver une clé.

– Est-ce l'une des deux ? interrogea le policier en la montrant à Fry.

– Affirmatif, répondit celui-ci en tendant la sienne pour comparer.

– Il s'était donc bien enfermé.

– Si j'avais voulu faire ce qu'il a fait, j'aurais procédé de la sorte pour ne pas risquer d'être interrompu par une arrivée impromptue, expliqua Fry.

– Ce serait donc un suicide, chuchota Sharif, comme s'il ne voulait pas qu'on l'entende.

– Cela y ressemble dramatiquement, avoua le chef de la sécurité, qui trouvait bien étrange le comportement du prétendu super-enquêteur.

Le policier saisit le dictaphone, remit l'enregistrement à son début et écouta attentivement, l'oreille collée au haut-parleur. D'abord le message de Wool qui affirmait que la tour ne serait jamais finie à temps, que les pénalités de retard allaient le ruiner et qu'il préférait mettre fin à ses jours. Puis le coup de feu. Puis le bruit de la porte enfoncée. Et enfin les exclamations de tous ceux qui avaient envahi la pièce et découvert le cadavre.

– C'est terrible, soupira Fry en baissant la tête.

Sharif écouta de nouveau l'enregistrement, puis encore une fois, sous le regard interloqué du chef de la sécurité qui ne comprenait pas pourquoi le policier s'obstinait de la sorte. Soudain, Sharif se tapa sur la tête, comme quelqu'un qui serait passé à côté d'une évidence.

– Il manque quelque chose dans cet enregistrement !

– Ah bon ? fit Fry en écarquillant les yeux.

– Oui, le meurtrier a oublié une étape importante...

De quoi s'agit-il ?

Solution p. 209

Le mécanisme de la mort

† Les prémisses

Joana de Baumon, une actrice de cinéma sur le retour, avait rendez-vous chez le Dr Nikola Zakivor, un chirurgien esthétique renommé à Beverly Hills. Elle abandonna sa voiture au voiturier, un jeune homme brun charmant et serviable à souhait, et pénètra dans le hall de la luxueuse clinique de Zakivor sur Rodeo Drive. L'hôtesse d'accueil l'accompagna dans la salle d'attente avec moult attentions.

– Souhaitez-vous un café ? demanda cette dernière.

– Non merci, répondit poliment Joana.

– Du champagne, peut-être ?

– Avec plaisir, rétorqua Joana, déshydratée par le trajet en cabriolet depuis sa villa située sur Mulholand Drive.

– Le docteur a un peu de retard. Il s'en excuse, ajouta l'hôtesse avant de disparaître derrière ce qui ressemble à un bar.

Autour de l'actrice, deux patients du chirurgien attendaient dans de confortables fauteuils en cuir. Joana reconnut Greg Afron, présentateur d'un talk-show, et Rony Clark, une star du rap. Alors que l'hôtesse s'apprêtait à servir du champagne à Joana, un bruit violent retentit. Il émanait de la pièce attenante où le Dr Zakivor reçoit sa riche clientèle. L'hôtesse laissa tomber le plateau et fonça vers la porte qu'elle ouvrit précipitamment. Les trois patients, intrigués, se lèvèrent et lui emboîtèrent le pas.

Dans la vaste pièce, ils découvrirent, horrifiés, le cadavre de Nikola Zakivor, le crâne fracassé, vraisemblablement par un objet très lourd qui avait brisé une vitre derrière le bureau du chirurgien, mais qu'il était pourtant impossible de retrouver dans la pièce !

† L'enquête

Joana avait pris rendez-vous avec le Dr Nikola Zakivor pour réparer les outrages du temps. Cette bouche qui manquait de pulpe. Ces rides et ridules disgracieuses qui zébraient son visage de quinquagénaire. Ces seins qui tombaient sans élégance. Joana était venue pour relancer sa carrière à Hollywood. Elle n'avait jamais eu recours à la chirurgie esthétique, mais son agent avait été formel, sa plastique défaillante était devenue un handicap. Elle n'aurait plus de premier rôle si elle n'y remédiait pas.

Joana soupira en regardant la tête sanguinolente du Dr Zakivor, inclinée, prête à tomber. Il était assis dans un fauteuil design, face à son bureau. Il aurait pu travailler, mais il était mort.

– Ça craint un max ! s'exclama Rony Clark, la star du rap.

– Y a des gamins dans la rue qui jouent au base-ball, remarqua Greg Afron, le présentateur du célèbre talk-show, *L.A. Late Night*, en regardant par la vitre brisée de la fenêtre. Voilà sans doute la cause de cette horreur…

– Ça m'étonnerait qu'une balle de base-ball cause ce genre de blessure, l'interrompit Joana. Ces gamins ne sont pas des champions, ils n'ont pas pu imprimer à la balle la vitesse nécessaire à un tel accident !

– Vous êtes flic ? interrogea Afron, l'air supérieur.

– J'ai interprété trois fois le rôle de l'inspectrice Beth Calahan, répondit Joana.

– Je me disais bien que je vous connaissais ! s'écria Rony Clark. Je suis fan de ces films. Je les ai vus au moins dix fois.

– Merci, répondit Joana, visiblement flattée.

– Si on cherche bien, on va la trouver, cette maudite balle, expliqua Afron en fouillant sous le bureau de Zakivor.

– L'assistante du docteur est partie prévenir la police. Mieux vaut attendre leur arrivée, fit remarquer Clark.

– Ils ne nous en voudront pas si on retrouve l'arme du crime, rétorqua Afron.

Tous les trois se mirent à inspecter la pièce de fond en comble. En vain.

– Un de ces satanés gosses est peut-être venu la récupérer, proposa Afron.

– Et par où serait-il entré ? rétorqua Joana. Le trou dans la vitre est trop petit. Les fenêtres sont closes. Et nous n'avons vu personne entrer ou sortir de la pièce. Je vous rappelle que nous étions tous dans la salle d'attente. Et puis après une pareille bêtise, ils se seraient sauvés et ne joueraient pas encore à proximité…

– Ça, c'est du bon sens ! acquiesça Clark. Beth Calahan aurait dit la même chose…

Joana s'approcha de la fenêtre. Le bureau du Dr Zakivor était situé au rez-de-chaussée. À travers la vitre brisée filtrait un air chaud et sec qui venait heurter celui, climatisé, de la pièce. Les enfants jouaient au fond d'une cour, assez loin. Soudain, Joana remarqua quelque chose.

– Vous avez vu ? lança-t-elle à l'adresse des deux autres.

– Quoi ? fit Afron, sur un ton agressif.

– Il y a des bris de verre des deux côtés de la fenêtre, répondit Joana.

– Et alors ? Ça semble normal, souffla le présentateur.

– Si un projectile est entré dans la pièce en passant à travers la vitre, il devrait normalement avoir projeté les bris de verre vers l'intérieur, expliqua doctement Joana. Or il y a également des morceaux sur la margelle extérieure.

– Qu'est-ce ça signifie ? interrogea Clark, qui ne comprenait pas où voulait en venir son actrice fétiche.

– Je l'ignore, avoua Joana. Mais je sens que nous sommes face à une affaire qui ne sent pas la rose, comme dirait Beth Calahan.

– Et si c'était l'œuvre d'un sniper ? demanda soudain Clark.

– Je ne suis pas médecin, mais cette blessure est tout sauf le résultat d'un impact de balle. Non, on dirait qu'un objet a heurté violemment l'arrière du crâne de ce pauvre docteur, commenta Afron.

– Mais pourquoi ne retrouve-t-on pas ce putain d'objet ? s'exclama Clark. On se croirait dans un épisode de la série *Fringe*.

Joana appela les enfants qui jouaient au base-ball. Ceux-ci hésitèrent un instant puis s'approchèrent de la fenêtre brisée.

– Salut, fit Joana en souriant autant qu'elle pouvait. Est-ce que vous avez vu quelqu'un dans la cour depuis que vous jouez ?

– Non, madame, répondit le plus grand.

– Vous en êtes certains ? insista Joana.

– Personne, même pas un rat, assura le gamin.

– Est-ce que vous pouvez regarder sous la fenêtre si vous trouvez une pierre ou un objet ?

– Oui, madame, répondit le plus petit.

Les enfants se mirent à inspecter le périmètre proche de la fenêtre brisée. Au bout de quelques minutes, le verdict tomba.

– Y a rien, madame.

– Merci, les enfants, souffla Joana.

– Eh madame, c'est pas vous l'actrice qui joue le rôle de l'inspectrice Beth Calahan ? demanda le plus grand.

Joana hocha positivement la tête.

– Je peux avoir un autographe ?

– Plus tard, répondit Joana.

– Au fait, il n'y avait personne dans la cour, mais moi j'ai aperçu quelqu'un sur le toit au-dessus, il y a vingt minutes à peu près, ajouta le plus grand avant de retourner jouer.

Clark esquissa un sourire.

– Un sniper, j'avais raison ! s'exclama-t-il.

– Un tireur d'élite posté sur le toit au-dessus de sa victime ? Il faudrait qu'il utilise un drôle de fusil pour réussir son tir. Un fusil au canon coudé peut-être ? railla Afron.

Clark apprécia moyennement la moquerie et se renfrogna.

– Le tireur disposait peut-être d'une autre arme, murmura Joana, sans savoir laquelle.

DE QUELLE ARME POURRAIT-IL S'AGIR ?

SOLUTION P. 210

Ascenseur mortel

† Les prémisses

Le tonnerre médiatique grondait au-dessus de l'immeuble qui abritait le siège social parisien de la banque Krinstein. Son directeur général, Georges Poliadeys, venait d'annoncer six milliards d'euros de perte, suite à un détournement massif de fonds perpétré par Darius Milo, un jeune trader de vingt-quatre ans. Ce dernier était retenu au dernier étage par deux membres du service de sécurité de la banque qui s'apprêtaient à le livrer à la police.

– Faites-lui prendre l'ascenseur ! ordonna le directeur de la banque, le visage grave. Les forces de l'ordre le prendront en charge dans le hall d'accueil. Je ne veux plus le voir !

– On ne l'accompagne pas ? s'étonna l'un des vigiles, consciencieux.

– Ce n'est pas la peine, l'ascenseur est programmé pour ne pas s'arrêter avant le rez-de-chaussée. Et j'aimerais que vous puissiez fouiller son bureau rapidement, expliqua le directeur.

– Bien, monsieur.

Darius ne pipa mot. Encadré par les deux molosses de la sécurité et suivi par le directeur, il se laissa conduire jusqu'à l'ascenseur. Là, il entra à reculons dans la cabine, légèrement poussé par Georges Poliadeys. L'un des vigiles programma la destination finale sur un clavier mural. Les portes se refermèrent en silence.

Dans le hall, au rez-de-chaussée, les journalistes, plusieurs policiers et Jean Ménard, du service gouvernemental Tracfin, Traitement du renseignement et action contre les circuits financiers clandestins, attendirent l'arrivée de Darius. Les portes de l'ascenseur s'ouvrirent enfin devant eux. Et ils découvrent le cadavre du jeune trader, un poignard planté dans le cou. Les flashs crépitèrent, quelqu'un venait d'assassiner le responsable du vol du siècle !

† L'enquête

Les policiers repoussèrent les assauts des journalistes hystériques qui cherchaient à capter l'image du cadavre de Darius Milo. Celui-ci gisait dans une mare de sang sur le sol plastifié de la cabine d'ascenseur. De l'hémoglobine avait giclé sur les parois latérales et le miroir qui tapissait le fond. Jean Ménard, un agent de Tracfin qui enquêtait sur une possible implication de la banque Krinstein dans un blanchiment d'argent en provenance de ventes d'armes, n'était pas un agent opérationnel. La plupart de son temps, il le passait dans son bureau. Sa venue était aussi exceptionnelle que l'annonce d'un détournement de six milliards par l'une des plus grandes banques françaises.

Il regarda le cadavre de Darius Milo, habillé d'un superbe costume, vraisemblablement coupé sur mesure. La lame d'un poignard était enfoncée jusqu'à la garde dans sa nuque.

– Pourquoi était-il seul dans l'ascenseur ? demanda Jean à un officier de police.

– L'ascenseur était programmé pour ne pas s'arrêter en cours de route. Et c'est ce qu'il a fait, expliqua le policier. Vous avez suivi comme moi sa progression sur l'écran digital situé au-dessus des portes.

– C'est impossible, marmonna Jean.

– Les agents de sécurité ont accompagné Darius Milo vivant dans l'ascenseur. Les caméras vidéo sont formelles, poursuivit le policier. Nous avons suivi toute la procédure sur les moniteurs situés dans la loge du gardien, près de l'accueil.

– Et je suppose que les portes de l'ascenseur ne peuvent s'ouvrir ni de l'intérieur ni de l'extérieur au cours de la descente, formula l'agent de Tracfin.

– C'est exact, confirma le policier.

– Donc ce meurtre est impossible ! s'exclama Jean.

– Il s'est peut-être suicidé, risqua l'officier de police.

– En se plantant un couteau dans le cou ? Soyons sérieux, ce n'est pas la méthode la plus aisée pour en finir avec ses jours. Je peux ? demanda Jean.

– Oui, mais faites attention à ne pas laisser de traces, répondit le policier.

Jean pénétra dans la cabine d'ascenseur en évitant de marcher dans le sang de la victime. Il regarda autour de lui, à la recherche d'un indice, mais ne trouva rien d'autre qu'une petite croix à moitié effacée sur le sol, à côté des pieds du cadavre. Son regard déçu se tourna vers son principal interlocuteur.

– Vous avez l'air soucieux, dit Jean à l'adresse du policier.

– Je me demandais la raison de votre présence ici, répondit celui-ci.

– Nous enquêtons sur de possibles agissements illégaux de la banque et de ses dirigeants. J'avais rendez-vous ce matin avec Georges Poliadeys, le directeur général de l'établissement.

– Ah, ça n'a donc rien à voir avec ce Darius Milo.

– Au départ, effectivement, ça n'avait rien à voir avec ce trader. Désormais, je n'en suis plus tout à fait sûr.

– Pourquoi donc ? interrogea le policier.

– Parce que… commença à répondre Jean, avant de s'interrompre brutalement.

Jean s'était comme figé. Plus un geste ne l'animait, même pas un battement de cils. Il resta quelques secondes dans cet état apparent de paralysie.

– Quelque chose ne va pas ? s'inquiéta l'officier de police.

Les paupières de l'agent de Tracfin se mirent à clignoter, ses mains à s'agiter.

– Vous baissez la tête quand vous prenez l'ascenseur ? demanda-t-il brusquement à l'officier de police qui était resté dans le hall.

Celui-ci hésita avant de répondre, se demandant où voulait en venir son vis-à-vis.

– Oui, c'est exact. Toujours. Et je crois que toutes les personnes qui empruntent un ascenseur font de même. Une espèce de réflexe, peut-être…

– La promiscuité dérange, alors pour éviter les regards, on baisse la tête, compléta Jean sans vraiment se soucier de ce que venait d'exprimer l'officier de police.

– Dans le cas qui nous occupe, il était le seul occupant de la cabine, risqua ce dernier.

– C'est vrai, acquiesça l'agent de Tracfin. Mais je suppose qu'à force ce mouvement de la tête devient instinctif. On ne peut plus le réprimer. Imaginez combien de fois cet homme a dû emprunter cet ascenseur.

Jean baissa la tête, regarda ses chaussures puis leva les yeux rapidement. Il scruta longuement le plafond. Il localisa un possible accès, une dalle d'un mètre par un mètre, situé au-dessus du cadavre. Il essaya de l'ouvrir du bout des doigts, en se hissant sur la pointe des pieds.

– Il y a une trappe de secours, murmura-t-il en se laissant retomber sans être parvenu à déplacer la dalle.

– Réservée à la société de maintenance, en cas d'urgence ou d'entretien. Personne ne peut l'ouvrir sans leur aide, l'informa le policier qui avait capté ce que Jean avait formulé à voix basse.

– Vous en connaissez un rayon sur les ascenseurs !

– Mon beau-père bosse chez le leader mondial du secteur, expliqua le policier en grimaçant.

– Ah ! les beaux-pères, soupira Jean. On aimerait bien les propulser dans les étages et qu'ils ne redescendent jamais, plaisanta-t-il.

– Vous pensez à quelque chose ? interrogea le policier alors que Jean sortait de la cabine.

– Oui, j'ai une petite idée. Mais pour la vérifier, il va falloir demander à la société de maintenance de nous permettre d'accéder à la cage de l'ascenseur. Car c'est dans cette trémie verticale fermée que se trouve la solution de ce meurtre…

À QUOI L'AGENT MÉNARD PENSE-T-IL ?

SOLUTION P. 212

LE FJORD MALÉFIQUE

† Les prémisses

Jens Oslo, surnommé le « roi du saumon », était un pisciculteur norvégien richissime. Lors d'une soirée donnée en l'honneur de son nouveau poisson transgénique – une espèce qui se développait deux fois plus vite que les autres –, Jens paria qu'il pouvait se baigner dans les eaux froides du fjord qui bordait sa propriété près de Bergen. Un peu aviné, il se rendit au bout d'un ponton parfaitement éclairé et se jetta à l'eau. Mais après dix bonnes minutes, Jens ne réapparaissait pas. Inquiets, son épouse et ses associés plongèrent pour le retrouver. En vain.

Jens n'avait pas pu remonter à la surface et sortir de l'eau sans être vu. Le ponton était éclairé et occupé par quatre personnes. Les hautes falaises de chaque côté composaient des obstacles infranchissables et le sable de la petite plage, mouillé par une fine pluie d'été, n'était marqué d'aucune trace de pas. Tout le monde conclut, avec tristesse, à la mort par noyade de Jens.

Le lendemain, la marée libèra la grève, mais le corps du disparu n'avait pas réapparu. La grand-mère de Jens parla alors d'une légende effroyable, celle du kraken, une créature aquatique maléfique ressemblant à une pieuvre qui hantait les eaux glacées de la vallée glaciaire depuis l'époque des Vikings. Elle connaissait le repaire de la bête, une grotte située dans les parois escarpées du fjord. Par acquit de conscience, les associés de Jens et la police décidèrent de visiter l'endroit, sans trop croire aux histoires de la vieille femme. Là-bas, pourtant, ils découvrirent la dépouille déchiquetée de Jens, dont la poitrine avait été comme lacérée par trois griffes monstrueuses…

† L'enquête

Kurt Winter n'était pas norvégien, Dieu l'en préserve. Malheureusement, sa femme était native de Bergen, la ville la plus pluvieuse de Norvège. Malheureusement, sa femme était une amie d'enfance de Jens Oslo. Malheureusement, Kurt Winter était commissaire. Lorsque la thèse de la noyade fut admise et annoncée par les médias, Kurt fut sollicité par son épouse, qui elle-même l'avait été par la famille Oslo, pour apporter un nouvel éclairage sur le décès de Jens. Kurt ne pouvait rien refuser à sa femme. Il était pour la paix des ménages. Il était un peu lâche.

Il rassembla donc l'ensemble des protagonistes présents lors de l'accident sur le ponton, avec comme objectif de reconstituer une partie de la chronologie de cette tragique soirée. Et éventuellement mettre au jour certains mobiles qui auraient pu pousser au meurtre une personne de l'entourage de Jens.

Dans le salon de la villa des Oslo, construite au fond du fjord, se tenaient Ane Oslo, sa charmante épouse, Arne

Dahl, un armateur suédois, Jan Wallentin et Matti Fossum, les deux associés de Jens.

– Kurt, merci de nous venir en aide en ce moment si difficile, commença Ane.

– Je suis ici en tant que policier, et non en tant qu'ami, répondit froidement Kurt.

Il ne voulait pas mélanger amitié et procédure.

– Oh, Ane, ne joue pas la veuve éplorée ! s'exclama Jan. On sait très bien que Jens et toi, vous faisiez chambre à part. Et qu'il te trompait...

– Comment oses-tu ? s'indigna Ane.

– Il a raison, souffla Matti, vautré dans un canapé.

– Est-ce qu'on peut se concentrer sur la soirée de l'accident ? demanda Kurt en levant la paume de ses mains en signe d'apaisement.

– Jens avait bu trop d'Aquavit, comme de coutume, expliqua Matti. Kjell Eriksson, son principal concurrent, l'a mis au défi de prendre un bain de minuit dans le fjord. Jens a démarré au quart de tour et malgré nos mises en garde s'est précipité sur le ponton. Il a plongé et n'est jamais remonté.

Ane éclata en sanglots, sous les regards incrédules de Matti et Jan, qui visiblement la prenaient pour une simulatrice.

– La grotte où vous avez trouvé le corps est située où exactement ? demanda Kurt en tendant un mouchoir à Ane.

– À deux kilomètres d'ici.

– Le corps de Jens a-t-il pu y être déposé par la marée ? poursuivit Kurt sans perdre le fil de son raisonnement.

– Non, c'est impossible, répondit catégoriquement Matti. La grotte est perchée à dix mètres au-dessus de l'eau.

– C'est donc qu'il s'y est hissé tout seul, ou que quelqu'un l'y a déposé, résuma Kurt.

– Vu son état, je ne vois pas comment il aurait pu grimper jusque là-haut, rétorqua Matti.

– C'est pourtant ce que mes collègues ont conclu, souffla Kurt.

– Et toi, qu'en penses-tu ? demanda Ane, qui avait fini de sangloter.

– J'ai repris le dossier. Il y a des éléments qui me perturbent, mais pour l'instant aucune piste ne conduit au meurtre, soupira Kurt.

– Pourtant, tu as en face de toi quatre personnes qui avaient des raisons valables de tuer Jens, intervint Arne Dahl, l'armateur suédois.

– Explique-toi, répondit Kurt, vaguement intrigué.

– Eh bien, Ane se savait trompée par son mari. Matti et Jan rêvaient depuis longtemps de racheter les parts de Jens, qui faisait prendre des orientations qu'ils réprouvaient à l'entreprise de pisciculture. Et moi-même, qui dois une forte somme d'argent à Jens…

Tous regardèrent le Suédois, avec un mélange d'étonnement et de mépris. Kurt balaya la révélation d'un bâillement, plus proche de l'ennui que de la fatigue.

– Et ce Kjell Eriksson qui a défié Jens, il était sur le ponton avec vous ?

La petite assemblée parut interloquée par la question.

– Non, répondit Ane. C'est vrai qu'après avoir stupidement provoqué Jens, on ne l'a pas revu.

– C'est un gringalet. Il n'a pas pu faire de mal à Jens, commenta Matti.

– Un gringalet qui fait de la plongée sous-marine dans ses fermes d'élevage de saumons et de crabes royaux, rétorqua Jan.

– S'il s'agissait d'un concurrent sérieux, pourquoi Jens l'avait-il invité ? s'étonna Kurt.

– Pour lui montrer son nouveau bébé, le saumon X23-A, qui va transformer notre entreprise régionale en leader mondial, répondit Matti. Jens était arrogant. Il aimait humilier ses ennemis…

Kurt réclama un café latte à Ane, qui s'empressa de lui préparer. Il avança jusqu'à la baie vitrée qui donnait sur le fjord et songea aux vieilles légendes suédoises qu'on lui racontait quand il était petit. Il n'y avait jamais cru.

– Dans un rapport de police lié au dossier, il est fait mention d'un madrier retrouvé sur la plage près du ponton, expliqua Kurt, revenu de ses réflexions. Cela dit quelque chose à quelqu'un ?

– J'avais demandé que la plage soit impeccablement nettoyée avant la réception, répondit Ane, qui revenait un mug fumant à la main. Je ne comprends pas ce que cette poutre faisait là… Notre homme d'entretien m'a certifié qu'il avait évacué tout le bois flottant…

– Intéressant, fit Kurt en buvant une gorgée de café. Voilà peut-être comment notre monstre aquatique a procédé pour ne pas laisser de traces sur le sable…

– Que veux-tu dire ? interrogea Ane, suspendue aux lèvres de Kurt.

– Je crois avoir compris comment le kraken s'est emparé de Jens et comment il l'a tué. Je crois même connaître son identité !

QUI EST DONC CE MONSTRE AQUATIQUE, ET COMMENT A-T-IL TUÉ JENS ?

SOLUTION P. 214

Un crime, trois possibilités

† Les prémisses

James Crichton, le célèbre auteur de thrillers américain, avait lancé un défi à trois grands policiers internationaux : le Hongkongais James Wong, le Français Simon Laplace et son compatriote Peter Kovac. Ces trois limiers d'envergure internationale avaient été conviés à passer un week-end dans la luxueuse villa floridienne du romancier. Là, sur l'île des milliardaires de Key Biscayne, à Miami, les trois représentants des forces de l'ordre devaient élucider un crime parfait.

James Crichton reçut ses invités avec faste.

– Messieurs, tout a été mis en œuvre pour que votre séjour se déroule le plus agréablement possible. Vous aurez chacun une grande chambre avec salle de bains privative. L'accès aux deux piscines et à la salle de sport vous est autorisé. Quant aux repas, ils seront composés par un cuisinier indien que j'ai engagé pour ces quarante-huit heures que nous allons passer ensemble.

– Et ce crime parfait que vous allez soumettre à notre sagacité ? demanda Peter Kovac, l'inspecteur du NYPD.

– Il ne saurait tarder, répondit Crichton avec un sourire énigmatique.

Soudain, un cri en provenance de l'intérieur parvint jusqu'aux invités qui se tenaient sur le seuil de la villa, puis un autre... Tous se précipitèrent vers la pièce d'où provenaient les hurlements. La porte était fermée. James Wong l'enfonça d'un violent coup de pied. Les trois policiers pénètrèrent dans la chambre d'Irina Crichton, l'épouse de l'auteur de best-sellers. Son corps reposait sur le lit, dans une mare de sang. Elle avait été égorgée. La chambre était fermée de l'intérieur et personne n'avait eu le temps de s'échapper avant l'arrivée des trois policiers et du romancier. La fuite de l'assassin, *via* l'une des fenêtres, l'autre étant condamnée, se révélait problématique car la chambre se trouvait au premier étage.

– Messieurs, la partie peut commencer ! s'exclama James Crichton, loin d'être affecté par la mort de sa femme.

† L'enquête

– Il est neuf heures, passées de trois minutes, annonça James Crichton. Vous pouvez tous constater que ma femme vient d'être assassinée.

– À quel jeu jouez-vous ? demanda le commissaire Simon Laplace.

– Les joueurs, c'est vous, rétorqua Crichton. Prouvez-moi que vous êtes meilleurs détectives que moi ! Prouvez-moi que vous pourriez écrire mes livres !

– C'est un jeu de rôles, expliqua l'inspecteur James Wong. Ne perdons pas de temps, allons passer au peigne fin la végétation au pied de cette fenêtre, nous y trouverons certainement des indices.

Les trois policiers abandonnèrent le romancier et sortirent précipitamment de la chambre. Environ une demi-heure plus tard, ils étaient de retour, l'air dépité.

– Nous n'avons détecté aucune trace, aucune empreinte qui permette de penser que l'assassin s'est échappé par la fenêtre, expliqua l'inspecteur new-yorkais Peter Kovac.

James Crichton était assis près du cadavre de son épouse et écoutait attentivement.

– Vous pouvez dire à votre femme d'arrêter de simuler, intervint Wong. J'avoue que c'est une bonne comédienne, mais elle doit trouver le temps long.

– Irina est réellement morte, messieurs, soupira Crichton.

– Arrêtez de nous faire marcher. Nous avons bien compris qu'il s'agit d'un jeu, souffla Kovac.

Le commissaire Laplace s'approcha du corps allongé. Le sang avait maculé les draps autour du cadavre, dessinant une aura rougeâtre. Le Français attrapa le poignet d'Irina Crichton et chercha un pouls. Il n'en trouva pas. Il saisit alors un miroir qui traînait sur une petite commode et le plaça devant la bouche de la présumée victime. Aucune buée ne vint se déposer sur la surface vitrée.

– Elle est vraiment morte ! s'exclama Laplace.

Les policiers, sidérés, marquèrent un temps silencieux de stupéfaction.

– Je vous avais prévenus qu'il s'agissait d'un crime problématique, soupira Crichton en se relevant. J'espère que vous trouverez le coupable avant que le week-end s'achève. Il en va de votre réputation…

*

Le week-end s'était écoulé comme le contenu d'un sablier, régulièrement mais sûrement. Les trois policiers mis au défi par le romancier avaient procédé à trois enquêtes accélérées. Chacun désormais possédait sa vérité et entendait bien l'exposer à leur hôte.

– En préambule, nous tenons à vous prévenir que ce crime doit être déclaré ce soir aux autorités compétentes, commença James Wong. Nous n'avons que trop tardé et je me sens aux frontières de la légalité…

– Mes amis, je vous rassure, je viens d'alerter la police. Elle sera là dans une quinzaine de minutes, expliqua James Crichton en servant un cognac à ses invités. J'espère que cela vous laissera le temps de m'exposer vos théories.

Wong avança d'un pas.

– Selon moi, les assassins étaient deux, annonça le Chinois. Un acrobate aidé de son complice. Ce dernier tenait une corde depuis la chambre contiguë à celle de votre femme. L'acrobate s'est balancé jusqu'à atteindre la fenêtre. Il est entré, a égorgé votre femme et il est reparti de la même façon.

– Cette explication est convaincante, avoua Crichton, qui ne laissait transpirer aucun signe pouvant trahir ses pensées.

– L'assassin a agi seul, intervint Kovac. Il a bien utilisé une corde. En cela, je suis d'accord avec James. Mais il a fixé cette corde au balconnet qui surplombe la chambre. Il est entré dans la chambre de votre femme de cette façon et en est ressorti pareillement.

– Impossible, il lui aurait fallu sept minutes pour ce faire, protesta Laplace. Et nous n'avons mis que cinq minutes pour arriver dans la chambre. Nous aurions vu la corde par la fenêtre…

– Comment le savez-vous ? l'interrompit Kovac.

– Je suis un excellent grimpeur et j'ai fait le test ce matin ! répondit Laplace.

– Rien de tel que l'empirisme, murmura Crichton en se frottant les mains.

– Mais permettez que je vous expose ma thèse, poursuivit le Français. D'après moi, l'assassin s'est bien servi d'une corde, mais pour se balancer de la fenêtre jusqu'au rebord de la seconde fenêtre condamnée. Là, il a tranquillement attendu que nous sortions de la chambre pour se sauver en se laissant retomber…

– Ridicule, soupira Wong. Nous n'avons trouvé aucune trace sous les fenêtres, où la végétation est dense. Si quelqu'un était passé par là, il aurait forcément abîmé une plante, brisé une branche…

James Crichton applaudit bien fort la prestation des trois policiers.

– Attendez ! lança Wong. Je voudrais ajouter une constatation, même si je n'en ai pas trouvé l'explication. J'ai examiné le sang sur les draps du lit de la victime, grâce à un kit portable d'analyse.

– Intelligent, commenta Laplace, qui n'était pas rancunier.

– Il était mélangé à de l'encre rouge, conclut Wong.

– Et alors ? interrogea Kovac.

– Je vous l'ai dit, je ne sais pas. Mais je tenais à livrer ce fait avant que notre hôte ne rende son verdict, expliqua Wong en haussant les épaules.

– Messieurs, je voudrais porter un toast à votre acuité et à votre merveilleuse perspicacité ! clama-t-il en levant son verre. Mais je voudrais également vous dire qu'aucun de vous n'a élucidé ce crime. Chacune de vos trois théories est erronée. Je suis donc le grand vainqueur de ce week-end meurtrier ! Et je réserve la solution aux lecteurs de mon prochain roman…

ALORS COMMENT LA FEMME DU ROMANCIER A-T-ELLE ÉTÉ ASSASSINÉE ?

SOLUTION P. 216

UNE BALLE MAGIQUE

† Les prémisses

Le lendemain, c'était le second tour de l'élection présidentielle française. La fébrilité médiatique et populaire était à son paroxysme. Nathan Pébat, candidat favori et arrivé en tête au premier tour, était inquiet. Il scrutait la ville à travers la baie vitrée de la suite de son hôtel. Il doutait, comme toujours, alors que venait de s'achever l'ultime meeting organisé par son parti politique. Son conseiller en communication, Jérôme Far, tenta de le rassurer.

– C'est gagné. Tu as quinze points d'avance dans les derniers sondages, expliqua-t-il.

– Il ne faut jamais vendre la peau de l'ours avant de l'avoir tué, rétorqua Nathan. Tu devrais le savoir mieux que quiconque.

– Si tu es stressé, va te défouler !

– Tu as raison.

Nathan Pébat, accompagné de ses deux gardes du corps, descendit dans la salle de sport située au rez-de-chaussée près de la piscine et privatisée pour l'occasion. Il demanda à être seul et s'enferma dans la pièce avec la ferme intention de suer sang et eau.

Soudain, alerté par un bruit suspect, l'un des gardes du corps enfonça la porte et pénétra dans la salle de sport. Il découvrit le cadavre du candidat à l'élection présidentielle.

Une balle de calibre 38 lui avait transpercé le cœur. Ce meurtre, aux couleurs d'un attentat politique, dérouta la police et le renseignement. Car Nathan Pébat avait non seulement été tué dans une pièce fermée de l'intérieur, mais la balle qu'il avait reçue avait traversé son cœur pour ressortir à la base de sa colonne vertébrale, sans que la veste de survêtement qu'il portait ne fût trouée...

† L'enquête

Dehors, le soleil cognait, échauffant un peu plus des esprits qui n'en avaient pas besoin. Les journalistes couraient, criaient, interpellaient... La nouvelle de la mort du favori dans la course à l'Élysée avait fait l'effet d'une bombe. C'est dans cette atmosphère électrique que Théo Kalm, agent du renseignement, entra dans la salle de sport de l'hôtel Parott où se bousculait une armée d'officiels : policiers, politiciens, préfet, sous-préfet... Il regarda ce chaos et songea qu'il allait falloir insuffler un brin de sérénité dans ce tumulte. En tant que responsable de cette grave affaire, il en avait la volonté mais aussi les moyens. Théo Kalm se planta au milieu de la salle de sport.

– Messieurs, mesdames, je vous demande votre attention ! s'exclama-t-il.

Sa voix, grave et puissante, eut l'effet d'un anesthésique et paralysa immédiatement la frénésie ambiante.

– Quelqu'un peut-il me faire un compte rendu ? demanda Théo.

Un autre membre du renseignement, visiblement subalterne, s'avança, un téléphone portable à la main.

– Nathan Pébat a été tué aux alentours de 10 heures, ce matin, par une balle de calibre 38 tirée en plein cœur.

– Jusque-là, je ne vois rien d'insurmontable, rétorqua Théo. Rien qui justifie une telle agitation…

– C'est que cet assassinat présente quelques particularités troublantes, monsieur.

– Lesquelles ?

– D'abord, la salle de sport était hermétiquement close. Et deux gardes du corps surveillaient le seul accès, fermé de l'intérieur selon la volonté de M. Pébat.

Théo hocha la tête.

– Ensuite ? interrogea-t-il.

– La balle qu'il a reçue a traversé son cœur pour ressortir à la base de sa colonne vertébrale, sans que la veste de survêtement qu'il portait ne soit trouée…

Les regards de l'assemblée se focalisèrent sur l'agent. Certains n'avaient pas compris ce qu'il venait d'expliquer, d'autres, au contraire, mesuraient déjà les implications d'un tel mystère.

– Hum, une balle magique… murmura Théo en se grattant le front, sur lequel perlait une goutte de sueur.

– Vous ne croyez pas si bien dire, monsieur ! Un serveur nous a apporté un témoignage pour le moins surprenant. Ce témoin affirme qu'à l'heure approximative du crime il a vu jaillir de la piscine située en face de la salle de sport la flamme d'un coup de feu !

– Amusant, rétorqua Théo en esquissant un vague sourire.

– La balistique confirme bel et bien cet incroyable témoignage, monsieur. La trajectoire reconstituée du tir qui a tué Nathan Rébat aboutit au centre de la piscine ! Et pour couronner le tout, des policiers ont retrouvé la douille au fond de l'eau…

Théo grimaça. L'affaire se corsait et prenait un tour surnaturel qui lui déplaisait fortement. Il n'avait pas choisi d'intégrer le renseignement intérieur pour se colleter à l'irrationnel, mais pour s'ancrer dans le réel.

– Des témoins ont-ils aperçu quelqu'un qui nageait dans la piscine ? demanda-t-il à tout hasard.

– Non, monsieur. Plusieurs personnes se trouvaient dans les parages et aucune ne se souvient d'avoir vu qui que ce soit prendre un bain…

– Résumons, nous cherchons donc un assassin invisible capable de marcher sur l'eau et de traverser les murs ! s'exclama Théo, incrédule.

– Je sais que ça peut paraître fou, monsieur. Mais en l'état actuel de l'enquête, cette synthèse paraît correcte, s'excusa l'agent en baissant les yeux.

Théo Kalm se dirigea vers les larges baies vitrées coulissantes qui s'ouvraient sur la piscine. Il les testa l'une après l'autre. Elles étaient fermées. Il remarqua cependant des empreintes sur la vitre de l'une d'elles et un mégot de cigarette à l'extérieur.

– Ce sont les empreintes de Nathan Pébat, susurra-t-il.

– Il est trop tôt pour le dire… répondit l'agent, qui se tenait derrière lui.

– Ce n'était pas une question, l'interrompit Théo.

– Ces portes-fenêtres sont intelligentes, elles se referment automatiquement au bout d'un moment si on a oublié de le faire, expliqua l'agent. C'est le directeur de l'hôtel qui me l'a expliqué…

– A-t-on la possibilité de savoir si elles ont été ouvertes ? interrogea Théo.

– Malheureusement non, le système informatique est en panne depuis hier. Et tout ce qui concerne la domotique de l'établissement y est relié…

Un rayon de soleil frappa les eaux bleues de la piscine, rebondit et traversa la baie vitrée, aveuglant Théo qui cligna des paupières.

– Avez-vous fouillé les étages du bâtiment qui est situé de l'autre côté de la piscine ?

– Vous pensez à un sniper ?

– Je vous ai posé une question.

– J'en donne immédiatement l'ordre, confirma l'agent, conscient qu'il avait fait une erreur en omettant la possibilité d'un tir de précision à longue distance. Euh, juste une question…

Théo fronça les sourcils, prenant un air accablé en regardant l'agent s'éloigner.

– Excusez-moi, mais s'il s'agit de l'œuvre d'un sniper, comment expliquer que les vitres soient intactes ? se permit l'agent en revenant sur ses pas.

– Rationnellement, répondit Théo.

– On ne m'enlèvera pas de l'esprit que ça ressemble à du paranormal, tout ça, mumura l'agent.

– En vingt ans de carrière, je n'ai jamais arrêté de fantôme, juste des hommes et des femmes, parfois un peu plus malins que la normale, répondit Théo. Parfois même plus intelligents qu'un agent du renseignement français.

COMMENT L'ASSASSIN S'Y EST-IL PRIS POUR TIRER SUR NATHAN PÉBAT ?

SOLUTION P. 218

Un assassin qui ne manque pas d'air

† Les prémisses

Pierre Fourniaud était un témoin sous X. Comptable chez Cervex, un grand laboratoire pharmaceutique, il avait mis aujour un trafic d'influence entre plusieurs ministres du gouvernement français et des membres du conseil d'administration de Cervex. Une relation trouble et hors la loi qui avait permis la mise sur le marché d'un médicament responsable du décès de plusieurs centaines de personnes. Pierre devait livrer à la justice des preuves de cette mortelle collusion : des relevés de comptes bancaires à l'étranger ainsi que des listings faisant apparaître de réguliers virements de fonds à des personnalités politiques.

Pierre était installé depuis une semaine dans une planque sécurisée en banlieue parisienne. Cinq policiers étaient affectés en permanence à sa sécurité. Le pavillon était un véritable bunker, censé garantir la sécurité de Pierre, jusqu'à sa comparution devant le juge d'instruction. Ce n'était qu'à ce moment qu'il aurait révélé où se trouvaient les preuves qu'il avait collectées et cachées.

Henry Pol et Clovis Rater, deux inspecteurs, attendaient dans le salon le retour de Pierre, qui s'était absenté pour aller aux toilettes. Au bout d'une demi-heure, Clovis s'inquièta.

– Qu'est-ce qu'il fait ? s'interrogea-t-il. Il ne loupe jamais le JT de treize heures !

– Laisse-le vivre, répondit son collègue, qui était en train de regarder la télévision.

– C'est pas normal, murmura Clovis en sortant du salon.

Il frappa à la porte des toilettes. Aucune réponse. Il enfonça la porte et découvrit le cadavre de Pierre, apparemment mort d'un arrêt cardiaque. Problème, Pierre était en parfaite santé…

† L'enquête

Le visage de l'inspecteur Clovis Rater se décomposa. Devant lui, le corps écroulé de Pierre Fourniaud sur le carrelage noir et blanc. Comme enroulé autour de la cuvette suspendue, pantalon baissé… Le témoin crucial dans l'affaire des laboratoires Cervex était mort sans dévoiler où il avait caché son accablant dossier contre la puissante multinationale. Autant dire qu'il n'y avait même plus d'affaire.

Clovis balaya du regard le petit cabinet de toilettes. *Deux mètres sur un mètre*, estima-t-il mentalement. Il observa un étroit conduit d'aération, placé au-dessus de la cuvette à environ deux mètres cinquante de hauteur. Improbable accès. Inconcevable issue.

– J'ai prévenu le boss, assura Henry, son collègue.

– Tu as bien fait, répondit laconiquement Clovis.

– J'aurais juré qu'il pétait la forme ce mec, soupira Henry. Enfin, je veux dire, il avait l'air plutôt sportif.

– Il l'était, marmonna Clovis.

– On est peu de chose, souffla Henry dans le dos de ce dernier.

– Si tu pouvais éviter ce genre de platitude ! C'est vraiment épuisant.

Clovis inspecta les murs latéraux. Son regard aiguisé ne tarda pas à découvrir des traces de griffures sur la peinture.

– C'était peut-être là avant qu'on « emménage », risqua Henry qui, par-dessus l'épaule de son collègue, avait lui aussi détecté les petits sillons.

– Je ne crois pas, répondit Clovis en s'accroupissant.

Il ramassa quelque chose et se releva prestement.

– Regarde, fit-il en tendant la main vers Henry.

– On dirait un ongle.

– C'est un ongle. Et il appartient très certainement à Fourniaud.

Clovis se baissa de nouveau et scruta un à un les doigts de la victime.

– C'est bien à lui, confirma-t-il. Et ils sont tous ensanglantés, comme s'il s'était débattu contre…

– Contre les murs ?

– Non, contre un agresseur.

– Arrête de raconter n'importe quoi, on n'a déjà pas la place de pisser, ici. Alors à deux, c'est totalement impraticable, constata Henry.

Henry avança d'un pas et prouva à Clovis qu'effectivement deux personnes ne pouvaient se trouver en même temps dans cet espace réduit.

– Qu'est-ce qui a donc pu le pousser à griffer les murs au point de s'arracher les ongles ?

– Je l'ignore, répondit Clovis.

Henry conserva le silence quelques secondes. Une terrible pensée venait de l'assaillir.

– Tu crois qu'on l'a assassiné ? interrogea-t-il avec fébrilité.

– C'est intellectuellement impossible, rétorqua Clovis. La porte était fermée de l'intérieur. Le diamètre du conduit d'aération n'est même pas assez large pour qu'on puisse y passer un bras. Et puis dehors, il y avait trois hommes à nous qui patrouillaient.

– C'est vrai qu'aucun n'a donné l'alerte, admit Henry. Mais alors quoi ?

– Je n'en sais foutrement rien. Mais mon petit doigt me dit que, d'une manière ou d'une autre, quelqu'un a aidé Pierre Fourniaud à mourir…

Clovis plongea soudain la main dans l'eau de la cuvette sous le regard dégoûté d'Henry, qui se détourna.

– C'est dégueulasse, souffla ce dernier.

– Non, c'est peut-être un indice, exulta Clovis en tendant sa main mouillée vers son collègue.

Entre le pouce et l'index, il serrait une petite aiguille à coudre.

*

Clovis avait rassemblé dans le salon les trois policiers chargés de garder l'extérieur du pavillon. Les trois hommes s'étaient naturellement alignés, comme pour un passage en revue.

– Messieurs, notre témoin est mort, annonça Clovis avec gravité. Apparemment de cause naturelle. Mais j'aimerais en être sûr. Avez-vous vu quelqu'un rôder autour du pavillon ?

– Je surveillais la porte d'entrée et la rue, expliqua le premier policier, un grand roux aux yeux verts. Rien à signaler de toute la matinée.

– Moi, je patrouillais dans le jardin, intervint le deuxième, un petit brun au regard biaisé.

– Tu es passé devant le conduit d'aération des toilettes ? demanda Clovis.

– Plusieurs fois, à 10 heures, à 11 heures, à midi et à 13 h 15…

– Pourquoi à 13 h 15 ? interrogea Clovis, surpris de cette rupture dans la régularité des rondes de surveillance.

– Parce que ma femme m'a téléphoné, avoua le policier, un brin gêné.

– Dois-je te rappeler qu'il s'agit d'une faute ? demanda Clovis en fronçant les sourcils.

– Elle demande le divorce… avoua le policier en baissant la tête.

– Ça veut donc dire que personne ne surveillait ce côté de la maison de midi à 13 h 15, résuma Clovis. Et toi, tu faisais quoi ? demanda-t-il à un jeune homme fébrile qui se dandinait.

Antoine sortait à peine de l'école d'officiers de police et venait d'intégrer l'équipe de Clovis.

– Je nettoyais la voiture dans le garage, répondit la recrue. En même temps, je surveillais le portail dans le fond du jardin.

– Je ne doute pas qu'entre le lessivage, le rinçage et le séchage, tu as dû te révéler un cerbère redoutable ! s'exclama Clovis avec amertume.

Ce dernier grimaça tout en réfléchissant.

– Il faut impérativement sortir et relever d'éventuelles empreintes ! cria-t-il soudain.

Presque au même moment, une averse rinça l'extérieur avec violence. L'élan de l'inspecteur retomba mollement. Il savait que, sous la pluie, il ne découvrirait plus rien, ou si peu de chose… Clovis jura et tapa du pied de colère.

SI LES ÉLÉMENTS LUI EN AVAIENT LAISSÉ LE TEMPS, IL AURAIT PEUT-ÊTRE PU ÉTAYER SA THÉORIE AVEC DES PREUVES.

SOLUTION P. 220

SOLUTIONS

Jeu, set et match !

L'assassin du célèbre romancier Jack River n'était ni son coach sportif, Tor Arinson, ni son épouse, Kimberly Arentz-River. Mais un simple lecteur, Thomas Kohler. Ce jeune déséquilibré n'avait pas supporté que River en terminât avec son héros récurrent, l'inspecteur Seth Bryle. Fou de rage, il avait décidé de convaincre l'auteur de faire réapparaître ce dernier, coûte que coûte. Pour ce faire, il avait attendu le romancier devant le court numéro 15, armé d'un lasso confectionné avec la corde à linge dérobée à Gabriela Marquez. Thomas avait trouvé la porte du court négligemment ouverte. Lorsque Jack River était arrivé, vingt minutes en avance, Thomas lui avait passé la corde au cou, comme à une vulgaire bête à cornes. Son objectif était de faire promettre à River d'écrire une nouvelle histoire mettant en scène son héros préféré. Jack ne s'était pas laissé faire et avait foncé vers le milieu du court. La porte s'était refermée à son passage, bloquant la corde qui s'était resserrée autour de son cou. Jack avait essayé de s'en libérer et déchiré un bout de son écharpe. En vain. Il était tombé et n'était plus parvenu à se relever. Quelques secondes plus tard, il mourrait asphyxié, laissant autour de son cadavre les traces de sa lutte désespérée pour la survie.

Thomas, paniqué face à cet homicide involontaire, avait alors tiré sur la corde et réussi à la décrocher du cou de Jack. Le frottement de celle-ci, très légère, n'avait laissé aucune trace sur la terre battue quand il l'avait ramenée à lui. C'est, en tout cas, la version des faits qu'il contera lorsque, pris de remords, il se livra à la police.

Des enquêtes pleines de rebonds

De nombreux romans policiers ont pris pour cadre les courts de tennis et ont offert aux lecteurs du monde entier des enquêtes pleines de rebonds. Ainsi, dans Balle de match, *Myron Bolitar, le héros récurrent de Harlan Coben, assiste à un match de l'US Open quand l'ancienne star du tennis Valérie Simpson est tuée. Martina Navratilova, la championne du monde de la discipline d'origine tchécoslovaque, s'est essayée au genre à la fin des années 1990, livrant plusieurs romans dont* Total Zone, Le Don du tueur *et* Meurtre à Roland-Garros, *coécrits avec la romancière Liz Nickles. Quant à l'immense romancière américaine, Patricia Cornwell, elle rêvait de briller au tennis et s'entraînait interminablement avant que, sujette à des crises de boulimie succédant à une période d'anorexie, elle ne soit contrainte d'arrêter. Nous n'oublierons pas dans cette brochette de stars de la plume policière la plus grande d'entre toutes, Agatha Christie, qui, dans* La Dernière Énigme, *se sert d'un court de tennis non utilisé pour faire découvrir à Miss Marple le coupable d'un crime odieux…*

De la suite dans les idées

Vers 21 heures, l'ancien inspecteur Mark Goodis entendit la porte de la suite 913 s'ouvrir. Il serra la crosse de son pistolet. Une silhouette apparut dans l'encadrement et referma la porte subitement. Goodis bondit et se lança à la poursuite de l'intrus. Il ne tarda pas à le neutraliser après une brève course-poursuite. Il s'agissait d'Ed MacComb, le locataire de la chambre 912, qu'il louait à l'année depuis 1969. Cet ancien propriétaire de studios de cinéma totalement misanthrope et anticommuniste avait imaginé un piège diabolique pour se débarrasser des occupants de la chambre voisine qu'il soupçonnait d'être des espions russes.

MacComb avait remarqué qu'en ouvrant la fenêtre de la suite 913, il gagnait suffisamment d'espace pour opérer une rotation complète du lit et libérer l'accès à la porte-fenêtre. Cette dernière ressemblant à s'y méprendre à celle de la salle de bains, les clients l'empruntaient dans la nuit sans se méfier et tombaient directement dans le vide. MacComb procédait à ces ajustements juste avant l'arrivée des clients, afin qu'ils découvrent la suite déjà arrangée par ses soins.

Il déplaçait le lit jusqu'à la fenêtre, à l'aide de roulettes amovibles qu'il plaçait sous les pieds du lit. Ensuite, il le soulevait avec un cric de voiture et poussait dehors les trente centimètres de trop, avant de replacer la literie contre le mur, mais loin de la porte-fenêtre. Après cet effort, MacComb remettait tout en place et buvait systématiquement une bouteille d'eau pour se désaltérer, bouteille qu'il emportait avec lui pour ne laisser aucune trace. Ce sont les roulettes qui, à force d'usage, finirent par marquer systématiquement au même endroit le parquet, donnant à Goodis un indice précieux.

Lorsque la direction de l'hôtel condamna les issues de la suite, MacComb se procura un double de la clé ouvrant la fenêtre qui permettait le passage du lit.

Suites mortelles

Au Waldorf Astoria, luxueux hôtel new-yorkais, le portier demandait aux clients : « C'est pour dormir ou pour sauter ? » C'était un jeudi noir de 1929, en pleine crise boursière. Plus récemment, le 13 novembre 1996, une jeune femme a été retrouvée morte au matin, plus de trente mètres sous le balcon de sa chambre, chambre 813 de l'hôtel Sheraton, à l'est de Los Angeles. Le locataire de la chambre voisine a été soupçonné, inculpé et innocenté après un procès qui s'est achevé en 2003.

Le miroir aux alouettes

Le commissaire Paglioni était un homme qui aimait les défis intellectuels. Il s'essayait à différentes sortes de casse-tête. Des jouets qu'il collectionnait depuis son enfance. Partir d'une situation initiale donnée ou aléatoire pour aboutir à une situation particulière en suivant un certain nombre de règles l'excitait au plus haut point. Et ce n'était pas un hasard s'il avait décidé de devenir policier. Ce métier, quelle que soit l'affaire à laquelle il se retrouvait confronté, s'apparentait à un jeu complexe.

Aujourd'hui, Paglioni jubilait. Il avait rapidement trouvé la solution. Carina Blum, malgré les apparences, ne s'était pas suicidée. Elle avait été assassinée. Et la coupable se trouvait devant lui. Il s'agissait d'Anna Guégan, une présentatrice qui, chaque soir, lançait les films par un petit sketch. Le mobile était certainement lié à la jalousie ou à la rivalité. Peut-être Anna espérait-elle prendre la place de sa collègue ? Peu importait pour le moment. Paglioni regardait les mains d'Anna. Ses mains qui l'avaient trahie.

En repérant les taches sur la moquette, le commissaire avait tout de suite fait le lien avec la température extrêmement élevée de la pièce. Quelque chose avait fondu et laissé une trace. L'absence de meubles avait ensuite titillé son esprit. Sur quoi avait-on pu surélever la victime ? La réponse était désormais évidente : sur un bloc de glace. Anna avait donc porté un bloc de glace jusqu'à la salle de réunion, probablement dans une valise à roulettes pour passer inaperçue, laissant néanmoins dans le couloir des traces d'eau. Elle avait ensuite donné rendez-vous à Carina Blum sous un motif quelconque, l'avait vraisemblablement assommée, puis lui avait passé le nœud coulant autour du cou. Ensuite, elle avait porté Carina sur le bloc de glace et fixé la corde à la structure métallique située sous le faux plafond. Pour aider à la fonte rapide du support de glace, elle avait poussé la climatisation à son maximum de chaleur. En fondant, la glace avait libéré le corps de Carina, provoquant une pendaison d'allure « naturelle ».

La meurtrière avait juste négligé un léger détail : le bloc congelé à – 20 °C, qu'elle avait manipulé sans gants sur la fin du parcours. Ses pouces et ses index avaient été brûlés… Elle ne s'en était pas rendu compte sur le coup parce que le froid possède la propriété d'anesthésier. Mais les rougeurs importantes, identiques à celles provoquées par une brûlure par la chaleur, ne mentaient pas. D'ailleurs, face à l'exposé de Paglioni, Anna Guégan avoua son crime.

– Juste une dernière question, chef. Comment a-t-elle refermé la porte de l'intérieur ? demanda l'inspecteur Ruck.

– Il suffit de fermer la porte tout naturellement avec sa clé puis de réintroduire cette clé à l'intérieur de la pièce, en la passant sous la porte avec un moyen qui permettrait de l'éloigner de la porte une fois à l'intérieur de la chambre close ! Comme ce mètre déroulant d'une longueur de vingt mètres qui se trouvait sous le photocopieur !

QUELS SONT LES PREMIERS SOINS À DONNER EN CAS DE GELURE DES TISSUS ?

Consulter un médecin. Déplacer la victime dans un endroit chaud, si possible. Détacher ou enlever doucement tout vêtement ou bijou serré qui pourrait entraver la circulation. Placer un pansement stérile sur la région atteinte en le fixant lâchement. Placer un peu de gaze entre les doigts et les orteils pour absorber l'humidité et pour les empêcher de coller les uns aux autres. Transporter sans délai la victime à un service d'urgence. ***Ne pas tenter*** *de réchauffer la région atteinte sur place (mais tenter d'empêcher qu'elle se refroidisse davantage) – sans les moyens adéquats pour soigner les lésions, les tissus qui ont été réchauffés peuvent geler de nouveau, ce qui pourrait causer d'autres dommages.* ***Ne pas frotter*** *la région meurtrie, ni appliquer de chaleur sèche.* ***Ne pas laisser*** *la victime boire de l'alcool ou fumer.*

FENÊTRE SUR COUR

Le loft ultra-sécurisé de Martine Kampar possédait son talon d'Achille. Une faille dans laquelle un tueur s'était engouffré. Steven Kelig avait remarqué que Martine Kampar avait forcément ouvert la fenêtre pour fumer. Car, dans le cas contraire, le système de détection de fumée aurait donné l'alarme. En fait, le jour de sa mort, Martine Kampar s'était approchée de la fenêtre à 20 heures précises. Quotidiennement, à ce moment, en rentrant de son travail, elle fumait une cigarette blonde. Ce fait sera corroboré ultérieurement par l'un de ses proches.

Le meurtrier, un ancien employé de Woolclub licencié un mois auparavant, connaissait cette habitude qui la transformait durant une courte période en victime idéale pour un sniper. Il s'embusqua dans l'immeuble qui faisait face au loft et tira à l'aide d'un fusil de précision alors que la fenêtre à l'épreuve des balles était ouverte. Martine, touchée au cœur, mourut sur le coup et s'effondra, écrasant le mégot brûlant contre le parquet et l'empêchant de se consumer. Dans sa chute, elle brisa la tablette numérique qui commandait toute la domotique du loft, y compris l'ouverture et la fermeture automatique de la fenêtre… La fenêtre se referma, donnant l'illusion d'un coup de feu venu de nulle part.

Aujourd'hui, Steven Kelig n'est plus journaliste au *News of the Day*. Il a donné sa démission et a ouvert un cabinet de détective privé sur la 5e Avenue, près de Central Park.

Tireur d'élite et tireur de précision

On note une différence entre ces deux tireurs. Ils n'emploient pas le même calibre, ni le même type d'arme. Le tireur de précision utilise en général une arme chambrée en 7,62 mm d'une portée comprise entre 400 et 800 mètres. Le tireur d'élite utilise une arme d'un calibre supérieur, du 12,7 mm, ce qui autorise des tirs à plus de 1 800 mètres, avec un pouvoir de pénétration permettant de détruire des matériels. Le record est détenu par un militaire britannique qui, en 2009, lors de la guerre en Afghanistan, a confirmé un tir à 2 475 mètres.

L'homme de la montagne

Roger Levallois était un braconnier qui alimentait les restaurants de la région en gibier. Ce retraité célibataire de la marine marchande était parti un dimanche en montagne pour chasser le lapin. C'était la fin de l'hiver. La neige était encore abondante en certains endroits. Il avait pisté trois lapins jusque sur un sentier de via ferrata. Là, il avait débusqué les animaux et avait tiré par deux fois. Au-dessus de lui, un amas de neige fragilisé par le redoux s'était alors décroché et avait chuté sur lui, l'ensevelissant. Roger Levallois décéda par suffocation due à la compression de son thorax par le poids de la neige. L'épaisse couche gelée avait conservé et dissimulé son corps pendant plusieurs semaines, jusqu'à la fonte printanière.

N'ayant pas de famille et n'ayant prévenu aucune de ses connaissances de sa partie de chasse interdite, personne ne s'était inquiété de la disparition de Roger. C'est en observant les gelures sur les parties du corps non couvertes de son cadavre que la secouriste Géraldine Paillas a compris ce qui avait provoqué cette mort mystérieuse. Les lésions observées, les phlyctènes noirâtres, la peau blanchâtre ne pouvaient donc qu'être liées à une exposition prolongée au gel. Le thorax enfoncé impliquait la victime dans un déclenchement d'avalanche.

L'analyse médico-légale étayera cette thèse. Les voies aériennes supérieures, bouche, nez et trachée, étaient obstruées par des résidus de neige tassée, rendant impossible l'arrivée d'air dans les alvéoles pulmonaires. La montagne peut se révéler une terrible meurtrière !

VICTIMES D'AVALANCHES

L'ensevelissement sous une couche de neige conduit irrémédiablement à la mort si la victime n'est pas dégagée au plus vite. Ce décès survient dans un délai plus ou moins long. Plus le temps d'ensevelissement de l'avalanché est court, plus ses chances de survie sont élevées. Ainsi, la probabilité de survie est de 90 % si l'ensevelissement dure moins de dix-huit minutes, mais tombe à 34 % si l'ensevelissement dure trente-cinq minutes et à 10 % dès que l'on atteint deux heures. De récentes études précisent que les victimes d'avalanches sont très fréquemment polytraumatisées en plus d'être asphyxiées.

À COUTEAUX TIRÉS

Fernand Solomon n'était pas du genre à s'avouer vaincu. Il savait que dans ce genre d'affaire, il ne fallait pas laisser le temps au temps et agir vite, à chaud. Le bruit des glaçons s'entrechoquant dans le verre à cocktail de Stella de Iglesia résonna dans son esprit. Cet écho froid comme la mort se répercuta dans tout son être et vint mourir dans ce recoin de son cerveau capable d'élucider les affaires les plus mystérieuses.

L'inspecteur s'approcha de la carafe dont les rebords étaient finement ciselés, à la manière d'un bijou, et en contempla le contenu. De l'eau pure, probablement issue du robinet. Il la saisit et la secoua vigoureusement, provoquant un débordement, mais surtout un tintement. Solomon afficha un large sourire. Il demanda une paire de gants à son collègue, plongea la main dans le récipient et en retira un fin poignard, entièrement en verre. Sa lame était si tranchante qu'elle entailla le latex et coupa légèrement l'index de l'inspecteur. Il s'agissait sans aucun doute de l'arme qui avait si proprement percé le cœur du peintre. Le cristal dont était constituée cette dernière se révélait si parfait qu'il était absolument transparent. Si transparent qu'il était totalement invisible dans l'eau de la carafe et avait donc échappé à la vigilance des policiers du SRPJ de Nice.

Le meurtrier savait qu'il n'aurait ni le temps ni le loisir de se débarrasser de son arme. Il savait également que son poignard de cristal serait si tranchant que, lors de la frappe, ce chef-d'œuvre meurtrier limiterait les projections sanguines, qui auraient pu le trahir. Ce meurtrier avait bien calculé son coup. Mais qui était-il ? Solomon se souvint que Rémy, l'agent du peintre décédé, avait mentionné la présence d'un maître verrier dans l'assemblée qui attendait dans le salon. Il ne restait plus à l'inspecteur qu'à découvrir le mobile de ce dernier.

Le maître verrier, Jean-Marie Lestanchel, avoua rapidement son crime. Et Solomon découvrit qu'il était l'amant de Stella. Tous les deux avaient prémédité l'assassinat de Juan de Iglesia afin de vivre leur amour avec la fortune du peintre.

TESTS AU LUMINOL

L'un des tests fréquemment utilisés par les techniciens en scènes de crime est celui du luminol (ou 3-aminophthalhydrazide). Il consiste à vaporiser une solution qui détectera la moindre présence de sang, même si le fluide a été rincé avec un détergent, en émettant une lumière de couleur bleue. C'est en 1937 que le chimiste et criminologue allemand Walter Specht expérimente un mélange utilisant le luminol comme réactif sur différents supports souillés de sang. En 1939, Proesher et Moody améliorent l'efficacité de la détection en ajoutant un activateur à base d'acide chlorhydrique, rendant possible la détection de taches de sang préalablement nettoyées. Aujourd'hui, différents kits de terrain sont proposés à la police scientifique, constitués de poudres composées de luminol à dissoudre dans une solution alcaline en présence d'un activateur.

PAS DE FUMÉE SANS FEU

La commissaire Pascale Gral entra dans le cabinet de curiosités, l'air victorieux. Elle s'installa sous le crocodile empaillé et à côté d'une tête réduite jivaro qui semblait lui faire la grimace. Elle avait convoqué l'officier de gendarmerie et ses collègues.

– Messieurs, commença-t-elle. Je crois que j'ai trouvé une explication à ce meurtre.

– Nous aussi, plaisanta le gendarme. Et depuis un petit bout de temps…

– Pour commencer, il me faut vous expliquer pourquoi ce cabinet n'était pas hermétiquement clos lorsque Krysostome de Redebord y est entré. L'arme du crime utilise de la poudre. Dans une pièce fermée de cette taille, deux coups de feu tirés avec cette arme auraient dû enfumer ce volume réduit. En pénétrant ici, je n'ai senti qu'une odeur de tabac froid. Une odeur que prétend également avoir perçue Krysostome quand il a découvert ses parents.

– Et alors ? fit le gendarme.

– Alors ? Mais c'est pourtant simple ! s'agaça la commissaire. Si l'atmosphère n'était pas enfumée, c'est que les coups de feu n'ont pas été tirés depuis le cabinet.

– D'où alors ?

– De l'extérieur. C'est Krysostome qui a tiré sur ses parents à travers la vitre de la porte-fenêtre. Il est ensuite vite retourné dans le couloir, attendant le passage de Marc, alerté par les coups de feu. Il a fait mine de l'accompagner et une fois sur place, il a jeté une pierre à l'endroit où les balles avaient traversé le verre. Et ce, pour dissimuler toute trace de son crime. Il a ensuite effacé ses empreintes sur la crosse du pistolet de poche et posé le revolver dans la main de son père.

– Ce gamin est un tireur d'élite ? railla l'officier de gendarmerie.

– J'ai remarqué des cibles perforées dans sa chambre. Avec un peu de chance, vous découvrirez qu'il excellait dans la discipline du tir aux pigeons !

Krysostome de Redebord était effectivement inscrit dans un club de tir. Pascale Gral découvrit son mobile quelques semaines plus tard. Ses parents lui reprochaient constamment son homosexualité et son père menaçait, s'il ne renonçait pas à ses « mauvais » penchants, de dilapider sa fortune plutôt que de la lui léguer. Krysostome avait donc décidé de supprimer ses parents tant qu'il lui restait un héritage.

LE CABINET DE CURIOSITÉS

Ce cabinet est une pièce où l'on entrepose une collection d'objets insolites fournis par la nature ou d'objets précieux. Au XVIIe siècle, plusieurs milliers de cabinets auraient existé en Europe. On y retrouve dans un savant mélange des objets ethnographiques, exotiques rapportés, entre autres, par la Compagnie des Indes orientales, des statues antiques, des plâtres, des animaux empaillés, des coquillages exotiques, des éléments empruntés au monde végétal, des témoignages historiques (armures, médailles, armes, chartes...), des tableaux... Le peintre hollandais Rembrandt entretenait un cabinet fameux dont l'inventaire complet est parvenu jusqu'à nous.

DANS SES PAS

Jonsi Sveinson gratta sa barbe naissante. Trois jours qu'il ne s'était pas rasé. En hiver, il rechignait toujours à se toiletter, privilégiant l'esprit sur le corps, l'essence sur l'apparence. Cette nuit, il ne lui avait pas fallu beaucoup de temps pour comprendre comment l'agresseur d'Anna Helgadóttir avait procédé. Dès qu'il avait vu les coupes récompensant les performances sportives de Gunnar Helgason, la méthode du criminel lui était apparue. Et fut confirmée par la spécialité dans laquelle le jeune homme excellait : la gymnastique.

En proie à une crise réelle de somnambulisme, Anna Helgadóttir était effectivement sortie de chez elle, mais bien avant 23 heures. Ce qui expliquait qu'elle se souvenait des flocons lui frappant le visage. Ce faisant, elle avait perdu ses chaussons sur la propriété de Gunnar et de sa mère, avant de rebrousser chemin et de retourner se coucher. La neige avait ensuite recouvert ses pas.

Gunnar, ayant observé la scène, avait décidé de profiter de l'opportunité pour empêcher la star de sortir un nouvel album. Depuis le cinquième opus d'Anna, Gunnar était en effet persuadé qu'elle ne produirait plus désormais qu'une mauvaise musique commerciale indigne de son génie des débuts. Athlète et gymnaste accompli, il avait alors passé ses mains dans les chaussons perdus par Anna et avait « marché » jusqu'au chalet de celle-ci. Il avait trouvé la porte ouverte, était monté dans le studio d'enregistrement et avait subtilisé la clé USB contenant l'unique copie des maquettes des prochains tubes d'Anna. Celle-ci, qui poursuivait sa crise de somnambulisme dans sa maison, avait fait irruption dans le studio. Gunnar l'avait alors frappée avec un disque de platine qui traînait sur une table de mixage.

Il était reparti comme il était venu, sur les mains. Mais plus fatigué qu'à l'aller, il avait laissé un de ses pieds imprimer un côté de l'arche végétale enneigée. Puis, une fois de retour chez lui, il avait jeté les chaussons par-dessus la haie qui séparait les deux propriétés.

La police retrouva la clé USB contenant les maquettes dans un socle creux d'une des coupes de Gunnar. Le nouvel album d'Anna sortit dans les temps et devint son premier échec commercial !

LA POLICE ISLANDAISE

L'effectif total de la police islandaise est de sept cents personnes. La population peu nombreuse de ce pays insulaire – un peu plus de trois cents mille âmes – et une délinquance réduite justifient ce faible dispositif. Il faut dire qu'en 2003, 83 121 infractions ont été enregistrées localement. Pour 72 % d'entre elles, il s'agissait d'infractions au code de la route, et 20 % seulement de ces faits constituaient une violation du code criminel. Entre 1999 et 2003, on comptait en moyenne un homicide et treize vols pour cent mille habitants. Une faible criminalité qui explique peut-être que les policiers islandais ne possèdent pas d'armes à feu !

SUICIDE À SHANGRI-LA

Donald Campbell n'était pas un avocat dévoué à la famille Paper. Depuis que Kirk Paper s'était retiré des affaires, il avait été approché et embauché par son principal concurrent, le groupe chinois Total Ink. Ce dernier, en pleine expansion, souhaitait mettre la main à moindre coût sur les entreprises de Paper. Mais le vieux magnat refusait en bloc toute transaction, car il comptait relancer son empire sous peu.

Donald, un homme sans scrupule, avait donc décidé de passer outre et de provoquer ce suicide que tout le monde attendait. Pour ce faire, il avait subrepticement glissé une boîte remplie de neige carbonique dans la chambre de Kirk et l'avait glissée sous son lit. Au contact de l'air, cette neige carbonique avait fondu et dégagé à travers le grillage de sa façade de l'anhydride carbonique, ou dioxyde de carbone, un gaz mortel, inodore et incolore. Donald Campbell avait également pris soin de fermer le loquet intérieur de la chambre de Campbell à l'aide d'un crochet, juste après que celui-ci se fut endormi. Ultime mise en scène de son plan machiavélique !

Au beau milieu de la nuit, Kirk Paper a été réveillé par un début d'asphyxie, et un ultime instinct de conservation associé à une pure panique l'ont fait se précipiter dans le vide, *via* la fenêtre. N'étant pas mort sur le coup, le dioxyde de carbone s'est éliminé des poumons et du sang de Kirk Paper. L'autopsie n'a donc pu déceler le moindre poison.

LA NEIGE CARBONIQUE

Aussi baptisée « glace sèche », la neige carbonique est du dioxyde de carbone, CO_2, sous forme solide. Cette glace carbonique est obtenue par refroidissement du dioxyde de carbone liquéfié, en dessous de – 78,5 °C. En 1834, le chimiste français Charles Thilorier décrit pour la première fois la formation de la neige carbonique. En ouvrant un container de CO_2 pressurisé, il constate que le gaz CO_2 se transforme en neige une fois exposé à la pression atmosphérique. La neige carbonique est utilisée en tant que réfrigérant, ainsi que pour des applications comme la production de fumée au cinéma. La glace carbonique est aussi envisagée, dans une logique de développement durable, en tant que forme de stockage dans le cadre de la capture et de la séquestration du CO_2.

Les livres meurtriers

Reverdy s'en voulait d'avoir négligé un détail capital : le petit évier pour se laver les mains, situé dans l'angle nord de la bibliothèque de Basile Polidoris. C'était là que la police scientifique devait pourtant concentrer ses efforts, afin de retrouver des traces, même infimes, du poison qui avait servi à commettre un vol presque parfait.

Sous ses aspects de secrétaire dévouée et de femme parfaite, Jeanne Bari avait un vice : le jeu. Elle aimait le poker. Elle aimait bluffer. Mais elle avait accumulé des dettes faramineuses et ne savait plus comment les rembourser. Jeanne avait donc décidé de voler le livre le plus précieux de son patron afin de le revendre à un acheteur sud-coréen.

Son plan reposait en partie sur l'habitude qu'avait Basile Polidoris de prendre systématiquement un whisky matinal avec un peu d'eau pétillante avant ses premiers rendez-vous, vers dix heures. Jeanne avait déposé dans l'eau une pastille d'hydrate de chloral qui, bu avec de l'alcool, provoque la même sensation qu'un coup sur la tête : violente et brusque douleur, et perte de conscience presque immédiate.

Jeanne savait que son patron prendrait son whisky pendant qu'elle se trouverait en compagnie d'Émile Réba dans le cabinet attenant à la bibliothèque. Très tôt, le matin même, Jeanne avait posé une échelle sous la fenêtre de la bibliothèque qui devait simuler la fuite du voleur. Polidoris a sacrifié à son péché mignon, perdu l'équilibre, entraînant avec lui une petite presse à relier, et a poussé un cri. L'effet de la drogue est dû à un brusque afflux de sang dans le cerveau. Un homme qui souffre d'hypertension, ce qui est souvent le cas à l'âge de Polidoris, saigne naturellement du nez.

Jeanne avait alors fait mine de rencontrer une résistance lors de l'ouverture de la porte pour laisser le temps au voleur de s'enfuir par la fenêtre. Elle s'était précipitée vers le corps étendu de son patron et avait demandé à Émile Réga d'appeler les secours. Le téléphone se trouvant dans le cabinet attenant, cela lui avait laissé le temps de frapper trois fois la nuque de Basile Polidoris pour faire croire à une agression, de s'emparer de la clé de l'armoire, de vider et de rincer le verre et la bouteille d'eau pétillante contenant la drogue dans le petit évier et, surtout, de dérober le petit livre qu'elle avait glissé dans une poche intérieure de son tailleur.

Quand Émile Réba était revenu, il avait trouvé une scène de crime parfaitement « organisée ». Mais Jeanne, dans la précipitation nécessaire à l'exécution de son plan, avait négligé un détail. Basile Polidoris avait décidé ce jour-là de verrouiller les fenêtres, pour justement éviter tout risque de vol. Un geste qui avait rendu la fuite du « voleur » totalement impossible.

Un cocktail agressif

Au début du XXe siècle, un tenancier de bar américain, Mickey Finn, propriétaire du Lone Star Saloon and Palm Garden Restaurant *à Chicago, s'était fait une spécialité de droguer ses clients en leur servant des boissons mêlées de sédatifs (le plus souvent de l'hydrate de chloral) afin de leur voler leur argent. Ce cocktail a été baptisé « Mickey Finn Special ». Son usage apparaît dans nombre de fictions romanesques et de films :* Le Faucon maltais, *les œuvres de Raymond Chandler, John Dickson Carr ou en encore P. G. Wodehouse.*

La peur au ventre

Le soir de l'émission spéciale de Cole Porter, l'audience était à son maximum. Tout le monde voulait savoir qui avait réellement assassiné le célèbre illusionniste. Cole commença par rendre hommage au prestidigitateur, grand spécialiste de l'évasion impossible. Il rappela également ses nombreux talents, notamment le plus méconnu d'entre eux, la ventriloquie, l'art de parler avec son ventre. Et une vieille séquence où l'on pouvait voir Marek exécuter un numéro avec une marionnette en forme de singe fut diffusée.

Ensuite, il entreprit de reconstituer, avec l'aide de séquences animées en images de synthèse, le plan qui avait conduit Marek à mettre fin à ses jours. Le magicien était atteint d'un mal incurable, en phase terminale. Il prenait de la morphine pour soulager la douleur qui l'étreignait. Épuisé, à bout de forces, il avait décidé de se suicider, mais sans ternir son aura de mystère. Ainsi, le soir de l'entretien prévu avec Cole Porter, Marek était-il sorti de son bureau par la porte dérobée, en prenant soin de refermer à clé derrière lui.

C'était donc lui qu'avait vu le voisin, et non son frère.

Il était ensuite revenu sous l'identité de son frère, qui devait, comme il l'avait précisé à Ema, le rejoindre à 21 heures. Le visage dissimulé sous sa capuche, l'assistante n'avait pu faire la différence et l'avait conduit dans le bureau comme s'il s'agissait de Clark.

Là, Marek avait usé de ses dons de ventriloque et fait croire à ses invités qui patientaient dans le salon qu'une agression avait lieu entre deux personnes, usant de sa voix et de celle qu'il générait avec son ventre. Ensuite, il s'était tué d'un coup de poignard et avait utilisé ses dernières secondes de vie pour se menotter à sa chaise. C'était également lui qui avait téléphoné à son frère, en imitant toujours, grâce à la ventriloquie, la voix d'une escort-girl et lui donnant rendez-vous dans une suite du Mirage.

Le plan destiné à se venger d'un frère qui ne faisait que profiter du succès de son aîné et qui permettait à la star de l'illusion de disparaître comme il avait vécu, dans une totale mystification, était parfait. Marek avait juste négligé la météorologie capricieuse de Las Vegas et l'improbable chute de neige qui avait transformé son suicide maquillé en un problème insoluble.

L'ART DU VENTRILOQUE

Le ventriloque est un homme qui est supposé parler du ventre et non de la bouche. En réalité, l'art du ventriloque est dû à un jeu particulier des muscles du larynx et du gosier, ainsi que du diaphragme, jeu dans lequel tout le monde peut réussir avec de la volonté et de la persévérance. Parfois, le ventriloque prête sa voix à une marionnette. Comme l'illusionniste ne bouge pas les lèvres, le public a l'impression que la marionnette est douée de parole. Souvent, ces ventriloques professionnels sont pourvus d'une moustache permettant de dissimuler les mouvements, même infimes, des lèvres. On se souviendra de Michel Dejeneffe et de sa marionnette Tatayet.

LA MENACE FANTÔME

L'oncle de Mira était un farceur. Un homme qui s'était amusé toute sa vie à faire peur aux autres en jouant aux fantômes. C'est pour cette raison que Mira avait conservé un souvenir effrayé de la villa, Clothaire n'hésitant jamais à se recouvrir d'un drap et à arpenter les couloirs durant les séjours de sa nièce. Mais à force d'épouvanter les autres, le vieil homme avait fini par croire aux apparitions spectrales.

Quelques mois avant sa mort tragique, Clothaire avait fait part au Dr Philiouti de ses visions qui selon lui annonçaient sa fin prochaine. Philiouti lui avait donné des tranquillisants pour se reposer et, par précaution, avait chargé à blanc toutes les armes exposées dans la villa. Seul Braun, l'avocat de Clothaire, était au courant de la procédure visant à éloigner tout risque d'accident. Bien en avait pris au médecin puisque, dans un accès de folie paranoïaque, se croyant persécuté par un fantôme dans la salle de billard, Clothaire apeuré avait tenté de mettre fin à ses jours. Mais le pistolet était chargé à blanc et sa tentative avorta. Effrayé par son geste, arborant le visage blanc de celui qui vient d'échapper à la mort, Clothaire accusa son fantôme plutôt que d'avouer un geste désespéré.

La fenêtre fermée par laquelle s'était enfuie la prétendue apparition meurtrière avait tout de suite interpellé Braun. L'avocat avait compris que Clothaire était prêt à mettre fin à ses jours. Il subtilisa une arme sur le râtelier, qu'il chargea avec de vraies munitions, puis rentra chez lui. Il revint plus tard dans la nuit et réveilla Clothaire en grattant contre la vitre de la porte-fenêtre de sa chambre.

Le vieil homme se leva affolé et se barricada en poussant une commode devant la porte fermée, avant de comprendre que le bruit venait de la porte-fenêtre. Dans un accès de lucidité, Clothaire décida d'affronter son fantôme et ouvrit la porte-fenêtre. Braun tira et jeta tout de suite son arme dans la pièce. Clothaire, avant de mourir, trouva la force de refermer la porte-fenêtre dans un ultime geste de protection. Puis il s'effondra.

– Quel était le mobile de Braun ? demanda Mira au médecin.

– Votre oncle avait effectivement légué toute sa fortune à Gaspard. Si Gaspard était accusé du meurtre, il n'hériterait pas. Et Braun était persuadé de pouvoir manipuler aisément l'héritier naturel, vous. Sauf que Braun avait négligé la force de votre oncle, qui en fermant la porte-fenêtre avant de mourir maquillait ce crime en un suicide…

Roman policier et conte fantastique

Le roman policier moderne naît pratiquement en même temps que la doctrine spirite. En effet, les trois enquêtes du chevalier Dupin d'Edgar Allan Poe sont publiées entre 1841 et 1844, soit quelques années seulement avant le dialogue avec les ombres entrepris par les sœurs Fox en 1847. Généralement, la coutume tente pourtant d'opposer roman policier et conte fantastique, le premier visant à élucider un mystère et le second à nier toute tentative d'explication. Cependant, le roman policier doit beaucoup aux gothics novels, *dont il exploitera nombre de poncifs : souterrains, passages secrets, fantômes… ainsi qu'une forme de fantastique expliqué. De grands noms du roman policier resteront fascinés par le monde de l'au-delà, Conan Doyle en tête qui, ne l'oublions pas, croyait à l'existence des fées et publiera une* Histoire du spiritisme *en 1927 ! Mais aussi Jean Ray et le héros Harry Dickson (dont il a traduit et souvent totalement réécrit les aventures), ou encore Algernon Blackwood et son détective John Silence…*

Coup de chapeau

Esther était persuadée que Steve passait son temps à la tromper avec de nombreuses femmes. Animée par une jalousie maladive, elle s'était ménagé un parfait alibi pour assassiner son époux. Préméditant son meurtre, Esther avait acheté une arme, un Glock. Et s'était entraînée de longues semaines au tir de précision. Elle avait ensuite tiré sur une casquette, copie de celle que portait en permanence son mari, et l'avait réservée.

Le lendemain, elle avait profité de l'arrivée de Markus pour passer à l'acte. Elle s'était absentée un court instant, prétextant l'accueil du traiteur pour le barbecue. Ce qui était vrai. Mais elle était ensuite montée à l'étage, avait récupéré l'arme dans le coffre-fort de sa chambre et depuis le balcon avait tiré sur son mari. Ce dernier sortant régulièrement du pavillon où il travaillait pour téléphoner, la chose s'était révélée aisée. Son coup de feu était passé inaperçu grâce aux tirs incessants de Buddy, qui faisait du ball-trap.

Esther était ensuite redescendue au salon avec Markus. Elle avait dans un premier temps envisagé de découvrir elle-même le corps de son mari. Mais son frère l'avait devancée. Elle s'était donc précipitée pour remplacer la casquette de la victime par celle qu'elle avait trouée la veille. Elle n'avait pu prendre le risque de poser l'arme près du cadavre de son mari, comme elle l'avait prévu, car son frère aurait pu se souvenir qu'elle n'y était pas lorsqu'il avait trouvé Steve effondré sur le gazon. Esther l'avait donc remisée dans le coffre-fort de sa chambre. C'est là, d'ailleurs, que l'inspecteur Ethan Py le trouva.

Ce plan, simulacre de suicide, était presque parfait. Esther avait juste commis une erreur grossière. Elle avait tiré dans le flanc gauche de la casquette. Alors que son mari était droitier. Ce que n'avait pas manqué de remarquer l'inspecteur Py !

Rétroprojection

Lors d'un tir à bout touchant, à ne pas confondre avec un tir à bout portant, on va retrouver de la poudre et de la suie dans la plaie. La peau est soufflée, ballonnée par rapport à la structure osseuse, ce qui provoque un éclatement. Ce mécanisme n'est possible qu'à bout touchant. L'orifice d'entrée peut donc être une plaie étoilée. Il peut aussi y avoir l'empreinte du canon autour de la plaie. Il s'agit d'une contusion indirecte, la peau venant s'écraser contre le canon. On peut retrouver des fragments tissulaires dans le canon de l'arme si aucun coup n'est tiré entre-temps. Ce phénomène est baptisé « rétroprojection ».

Les mains invisibles

Quelqu'un avait bien étranglé Paty Granado, la femme du joueur de football. Le soir précédant la découverte du corps par le jeune couple Poindron sur la plage d'anse La Farine, les Granado avaient fait la fête avec un groupe d'amis. Parmi ces derniers, deux Belges, une femme et son mari. Ce dernier était dresseur de fauves dans un célèbre cirque français. Les charmes de Paty avaient opéré sur lui et dès que Ronald était parti se coucher, ivre mort, le dresseur avait entrepris de séduire l'ex-mannequin en lui faisant une démonstration de fouet. Puis, sur la plage, il avait même essayé de la violer, arrachant à sa victime le haut de son Bikini, un soutien-gorge que la police retrouvera dans son bungalow.

Paty avait réussi à s'échapper jusqu'au rocher, haut de cinq mètres, qui fermait la plage. Elle s'y croyait à l'abri de son agresseur et s'apprêtait à rentrer dans le cottage loué par le couple Granado pour leur séjour seychellois. Las, le dresseur avait grimpé sur le rocher qui surplombait Paty. Il joua du fouet, long de sept mètres, l'enroula autour du cou de sa victime et tira jusqu'à l'étouffement de Paty, serrant fortement le foulard que portait la jeune femme. D'un geste adroit, il libéra l'étreinte fatale, enroula son fouet et s'enfuit par les rochers sans laisser aucune trace sur le sable de la plage.

LA STRANGULATION

La strangulation est une forme médico-légale d'asphyxie mécanique souvent criminelle. Son diagnostic se révèle parfois délicat quand les traces sont discrètes. On peut opposer strangulation et pendaison. La strangulation est due à une constriction active, transversale et lente. Alors que la pendaison est due à une constriction passive, verticale et brusque. Mais cette opposition est souvent corrigée du fait de l'existence possible, dans la strangulation, de striction brusque et forte, au moyen d'un lien quelconque, comprimant voies respiratoires, vaisseaux et fibres nerveuses, et rendant ainsi la mort analogue dans son processus à celle de la pendaison. Cette éventualité est rare, elle peut se rencontrer dans les cas de suicide où l'on se passe un nœud coulant, l'autre extrémité de la corde étant fixée à un pied de table ou de lit par exemple, et où l'on tire brusquement de tout son poids.

LE CERCLE BRISÉ

La meilleure des défenses, c'est souvent l'attaque, songea Mathias. C'est cette stratégie qu'avait mise en œuvre le journaliste Greg Solo. Le coupable de la mort du médium Zavor, c'était lui. Un assassinat pour lequel il avait mis au point un plan presque infaillible. Depuis des années, Solo essayait de démystifier le célèbre médium. Chaque fois, c'était lui qui était tourné en ridicule et Zavor s'en sortait grandi. Les gens voulaient croire aux miracles de la vie après la mort, coûte que coûte ! Le rédacteur en chef qui employait Solo avait fini par le licencier, au motif qu'il menait une croisade personnelle contre Zavor au détriment de son travail. C'était la goutte d'eau qui avait fait déborder le vase.

Solo avait patiemment attendu que Zavor convoque des clients qui avaient tous un motif de tuer Zavor. La veuve et le dessinateur possédaient des motifs suffisants pour vouloir mettre fin aux jours du médium. Il avait ensuite attendu que Zavor entre en transe. Ce simulacre bruyant et impressionnant, surtout dans le noir complet, devait détourner l'attention des personnes présentes. Suffisamment pour qu'ils ne s'aperçoivent pas que le cri émanait de Solo, qui avait pour l'occasion imité le timbre de la voix du médium. Dans la panique consécutive à ce hurlement, le cercle s'était brisé et Mathias avait mis dix secondes pour rallumer la lumière. Un temps suffisant pour que Solo poignarde mortellement Zavor en se guidant grâce au col phosphorescent de la victime. Un temps que les autres avaient négligé, persuadés que Zavor était mort lorsque le cri avait retenti.

Ensuite, Solo s'était présenté comme le justicier, celui qui allait trouver l'assassin. Quitte à accuser des innocents...

Le hasard avait voulu que les époux Colin rejoignent le cercle au dernier moment, sans prévenir. La sagacité de Mathias avait fait le reste.

RIGIDITÉ CADAVÉRIQUE

Appelée rigor mortis *en latin, elle débute entre trois et quatre heures après le décès. Elle dure entre douze et quatorze heures au maximum. La rigidité saisit en premier la face, la mâchoire inférieure, la nuque et la mâchoire, puis descend jusqu'aux pieds. En réalité, elle se produit partout en même temps, mais les muscles étant plus épais vers les membres inférieurs, on la sent moins dans les jambes. La rigidité cadavérique a un grand intérêt médico-légal car elle permet de dater approximativement la mort et de savoir si le cadavre a été manipulé.*
Il ne faut pas confondre la rigor mortis *avec le spasme cadavérique, ou rigidité instantanée, qui fige les corps dans la position même où la mort les a saisis. Ce qui est le cas lors d'un fort stress émotionnel ou d'une violence physique extrême.*

PARANOÏAQUE !

Howard écouta avec attention la théorie formulée par le garde.

– Virginie Kane est venue rendre visite à son père à minuit moins dix. Elle lui a tranché la gorge à l'aide d'un fil à couper le beurre, puis elle a effacé ses empreintes digitales sur les poignées de l'arme. Elle a ensuite soufflé dans un coussin gonflable qu'elle avait apporté et a positionné celui-ci sous les draps de façon à ce qu'il retienne le cadavre de son père au bord du lit, en prenant soin de ne pas fermer correctement la valve.

Howard se souvint alors du sac plastique sur lequel il s'était assis.

– Comment avez-vous su ? s'étonna-t-il.

– Je vous ai vu déplacer ce coussin sur lequel vous vous étiez assis. Ce sont des coussins ergonomiques destinés à maintenir la nuque pendant le sommeil, expliqua le garde.

– Virginie a calculé le temps que mettait le coussin à se vider de son air. Elle savait qu'il ne serait pas complètement dégonflé avant l'aube. Elle savait également qu'à ce moment-là, le fil à couper le beurre tomberait avec le corps de son père. Une centaine de grammes supplémentaires qui déclencheraient le signal d'alarme et feraient croire que le meurtre venait d'avoir lieu...

– Et comment est-elle sortie si elle a enclenché le détecteur de pression sur le sol ? demanda Howard.

– Elle a utilisé la boule de cotillon en cellulose, en soufflant cette dernière à l'aide d'une sarbacane contre l'interrupteur tactile qui commande l'alarme. Elle se tenait sur le seuil de la porte de la chambre à ce moment précis et n'a donc pas eu besoin de marcher sur le parquet.

– Astucieux ! s'exclama Howard. La boule était trop légère pour déclencher l'alarme en tombant sur le sol...

– Eh oui, j'avoue que l'idée était géniale.

– Mais nous n'avons aucune preuve, soupira Howard.

– Les légistes vont déterminer l'heure approximative du décès. Et je suis certain qu'ils établiront que M. Kane est mort entre 11 heures et minuit. La vidéo de télésurveillance du couloir prouvera que seule Virginie est entrée dans la chambre durant ce créneau horaire.

PANIC ROOM

Une panic room, *anglicisme signifiant littéralement « pièce de panique », est une pièce ultra-sécurisée dont l'existence a été vulgarisée en 2002 par le film éponyme de David Fincher. Cette pièce est conçue pour résister aux attaques armées, aux explosifs et aux incendies, et offre un lieu inviolable où une famille, ou une personne, peut se réfugier en toute sécurité dans le cas d'un braquage à domicile. À l'intérieur, le propriétaire dispose de moniteurs vidéo et d'enceintes permettant d'écouter ce qui se passe dans sa maison, mais aussi de micros pour communiquer avec les intrus et de deux lignes téléphoniques, dont une reliée directement à la police. Pour installer une* panic room *chez vous, comptez de quarante mille à cinquante mille euros pour une surface de dix mètres carrés.*

LETTRE MORTELLE

Bridget Hollow sortit de l'appartement, mains dans le dos, menottée, encadrée par deux policiers. L'inspecteur Clark Wrens savait qu'une affaire d'État venait de commencer. Car l'assassinat de George Plum était sans aucun doute lié au sujet de l'ouvrage qu'il avait entrepris d'écrire.

Wrens avait très vite compris comment l'écrivain avait été tué. En fait, son assassin s'était présenté à la porte d'entrée et avait certainement déclaré qu'il était un coursier en charge de réceptionner un pli au départ et de porter un pli urgent mais fragile. Plum, méfiant, avait fait passer le pli au départ par la fente du courrier, sans ouvrir la porte. Puis il avait demandé que le pli qui lui était destiné transite par la même voie. L'assassin avait insisté sur la fragilité du pli, forçant sa victime à se baisser pour le réceptionner *via* l'ouverture. À ce moment, l'assassin avait enfoncé une longue lame dans la fente de courrier, blessant grièvement Plum et le faisant s'écrouler. Ce dernier n'avait pas succombé immédiatement à ce coup. En entendant Bridget qui déverrouillait les serrures, il avait fait un dernier effort pour se lever et appeler au secours. Effort qui avait fini de déchirer la mince paroi lacérée de l'artère pulmonaire, provoquant l'hémorragie mortelle. Quant à l'assassin, il était reparti comme il était venu, emportant l'arme du crime avec lui. Qui était-il ? Peut-être un agent du MI5, le service de renseignement intérieur britannique, qui agissait sur ordre, pour empêcher la rédaction d'un ouvrage polémique sur le Premier Ministre… Ce même agent qui avait certainement « retourné » Bridget, la convaincant de placer le manuscrit dans une enveloppe que Plum devait donner à un coursier. Le biographe en ignorait le contenu mais faisait toute confiance à sa secrétaire particulière.

L'inspecteur Wrens ne pouvait rien prouver. Mais quand Bridget fut libérée au bout de trois heures sur ordre de sa hiérarchie, il obtint la preuve que la mort de Plum était bien un crime d'État.

MI5

Le MI5, pour Military Intelligence, section 5, *aussi surnommé « Five », est le service secret britannique créé pour protéger la sécurité nationale des menaces intérieures. Fondé en 1909, ce service est basé depuis 1994 à Thames House, dans la ville de Londres. Essentiellement concentré sur le contre-espionnage, le MI5 s'est réorienté depuis les années 1990 sur des missions de lutte contre l'IRA, l'Armée révolutionnaire irlandaise, contre le terrorisme islamique intégriste et contre le crime organisé. Le MI5 n'a pas de pouvoirs d'enquête, d'instruction ou d'arrestation. Ses officiers sont principalement chargés de collecter du renseignement. Pour les interpellations d'espions ou de terroristes, ceux-ci font appel à d'autres services opérationnels. Les effectifs du MI5 comprennent plus de quatre mille agents. Il est l'équivalent de la DCRI, la Direction centrale du renseignement intérieur française.*

TOUT UN FROMAGE !

Malgré les doutes de Natasha, la police conclut à une mort naturelle. Pourtant, quelques semaines plus tard, Pierre Lamproie, un médecin légiste, s'empara du dossier de Philip Toukan dont la mort était, selon les conclusions de l'un de ses collègues, due à une hémorragie cérébrale. Lamproie relut une énième fois les pages du procès-verbal et les rapports de la police. Quelque chose clochait. Philip Toukan soignait sa dépression avec des inhibiteurs de monoamine-oxydase, des antidépresseurs. Et curieusement, quelques minutes avant sa mort, il avait mangé du cheddar. Comme l'avait subodoré la présentatrice Natasha Vio, qui avait vu un documentaire sur le sujet quelques jours auparavant, certains fromages, dont le cheddar, contenaient de la tyramine, une substance contre-indiquée lors de la prise de certains médicaments antidépresseurs. En mangeant du cheddar maquillé en havarti, Philip

Toukan, déjà souffrant d'hypertension, avait donc provoqué une forte hausse de sa tension artérielle. Celle-ci avait entraîné sa mort par hémorragie cérébrale.

Selon Natasha Vio, c'est Arnold Levan qui avait soigneusement orchestré la disparition de son rival. Il était arrivé en avance sur le plateau de télévision et avait commandé du cheddar, un fromage dont il avait substitué l'étiquette, la remplaçant par celle d'un fromage d'origine danoise pour ne pas éveiller les soupçons de sa victime. Il avait déposé le plateau dans la loge de Philip Toukan avant sa venue. Ce dernier, qui n'aimait pas être dérangé, avait fermé la porte de sa loge et dégusté le fromage fatal.

Malgré son acharnement, aucune preuve ne permit d'arrêter Arnold Levan. La police n'avait pas retrouvé le cheddar dans sa loge. Puisqu'il l'avait mangé...

MÉLANGES MORTELS

La plupart des fromages contiennent de la tyramine, que l'on retrouve aussi dans d'autres aliments tels que la bière, la levure et les charcuteries, ainsi que les plats faits à base de ces fromages. Une interaction fatale peut survenir lorsque des aliments contenant de la tyramine sont consommés avec certains médicaments antidépresseurs. Les patients sous cette médication doivent éviter les aliments riches en tyramine afin de prévenir de potentielles crises hypertensives. Les fromages cottage, à la crème, ricotta et havarti (fromage danois au lait de vache à pâte molle) sont généralement permis. Il est primordial de consulter un médecin afin de connaître les aliments à éviter durant la prise de tels médicaments. L'ingestion d'aliments contenant de la tyramine, dont ces fameux fromages, pourrait également provoquer, chez certaines personnes à risque, des migraines et des maux de tête.

LA TOUR PREND GARDE

Sharif Alha garda pour lui l'indice qui prouvait que le suicide de Max Wool était un crime. Il laissa la police scientifique opérer, notamment sur la clé retrouvée dans la poche de la victime et sur l'enregistrement numérique. En écoutant l'enregistrement des prétendues dernières paroles du dirigeant de la société de construction en charge de l'érection de la tour Zephyr, le policier avait découvert un « blanc », un manque. Si tous les bruits relatifs au prétendu suicide étaient présents, l'un d'entre eux manquait. Celui du corps de Max Whool s'écrasant par terre, au pied de son bureau. Ce bruit, compte tenu de la corpulence de la victime, aurait dû être capté. Mais il n'en était rien !

La police scientifique de Dubaï ne découvrit pas d'empreintes digitales sur la clé du bureau autres que celles de Wool. En revanche, l'analyse de la bande conclut à un collage de plusieurs enregistrements distincts…

Après une enquête approfondie, Sharif ne tarda pas à mettre la main sur le coupable. Il s'agissait de Farid, l'un des conducteurs de travaux. Celui-ci en avait assez du comportement « meurtrier » du dirigeant sans scrupule, qui, sous la pression du calendrier, mettait la vie des ouvriers en péril. Il avait décidé de le tuer. Pour ce faire, Farid avait préenregistré un message truqué à l'aide de bribes de discours prononcés par Wool. Ensuite, il avait enregistré le bruit d'un coup de feu et celui d'une porte défoncée.

L'assassinat avait eu lieu une demi-heure avant la réunion. Farid avait pris la clé de Wool, était sorti et avait refermé la porte. Il avait pris soin de programmer le dictaphone pour qu'il se déclenche une demi-heure plus tard. Comme Farid fut le premier à entrer sur les lieux, il a pu subrepticement remettre le dictaphone, qui était en mode lecture, en mode enregistrement, et fourrer la clé dans la poche de Wool.

L'UNE DES VILLES LES PLUS SÛRES DU MONDE

Malgré les crimes spectaculaires qui font parfois la une des médias – meurtre en 2008 de la chanteuse libanaise, Suzanne Tamim, ou, en 2009, d'un chef militaire tchétchène... – la ville de Dubaï demeure l'une des plus sûres du monde. Elle affiche un insolent taux de criminalité qui oscille entre 1 et 2 %. L'année 2010 a même vu chuter de 31,7 % le nombre de crimes et délits par rapport à l'année précédente. Cela est largement dû aux efforts du Département anticriminalité mis en place entre 2008 et 2009. Mais attention, dans ce riche émirat, il ne fait pas bon être pauvre... L'émission de chèques sans provision est passible au minimum d'un mois de prison et l'insolvabilité fait l'objet d'une procédure spéciale qui inclut l'interdiction de sortie du territoire tant que la dette n'a pas été réglée.

LE MÉCANISME DE LA MORT

Joana apprit par la presse la nature de l'arme utilisée par l'assassin du Dr Nikola Zakivor. Un meurtrier ingénieux qui n'était autre que l'une des clientes que le chirurgien esthétique avait défigurée lors d'une opération ratée et qui s'était jurée de se venger grâce à ses talents d'ingénieur en mécanique.

L'homicide avait été perpétré grâce à une petite catapulte placée sur le toit au niveau de la fenêtre du bureau de Zakivor. L'engin était relié à une corde portant à son extrémité une grosse bille de plomb retenue par un élastique. Après de nombreux essais, la meurtrière avait déterminé la longueur exacte de corde nécessaire pour que la bille de plomb lancée en l'air décrive une parabole et frappe la tête du chirurgien assis devant son bureau, après avoir traversé la vitre de la fenêtre. L'élastique en se rétractant avait fait ressortir la bille de plomb après l'impact, et la corde avait permis de récupérer l'arme du crime rapidement. Un crime presque parfait, qui aurait certainement fonctionné si la bille de plomb, en ressortant, n'avait pas heurté la vitre une nouvelle fois, faisant tomber des bris de verre sur la margelle extérieure. Et si les enfants qui jouaient au base-ball dans la cour n'avaient pas aperçu une silhouette sur le toit de l'immeuble.

Le meurtre du Dr Zakivor fut finalement une véritable aubaine pour Joana. Quelques jours après le drame, on lui proposait le rôle de sa vie, celui d'une quinquagénaire qui faisait son âge. Un rôle pour lequel elle obtint un oscar !

Certaines personnes sont prêtes à tout pour changer de visage et demandent à leur chirurgien non plus de les « réparer », mais de les transformer. Ces cas extrêmes relèvent souvent plus du pathologique que de l'esthétique… Ainsi, Jocelyne Wildenstein. Cette femme a dépensé environ trois millions d'euros pour ressembler à un félin. Ou Nileen Namita, une Britannique qui pense qu'elle est la réincarnation de Nefertiti, la reine d'Égypte. Pour l'incarner le plus fidèlement possible, elle est passée, depuis 1987, plus de cinquante fois entre les bistouris des chirurgiens ! Le coût total de ses opérations est estimé à plus de deux cents mille euros. Mais ce n'est rien comparé à Hang Mioku, une Coréenne quinquagénaire qui, devenue accro aux miracles de la chirurgie esthétique, a fini par s'injecter elle-même, à l'aide d'une seringue, de l'huile de cuisine dans le visage…

ASCENSEUR MORTEL

Lorsque les techniciens de maintenance pénétrèrent dans la cage d'ascenseur, ils ne savaient pas ce qu'ils devaient chercher, ni ce qu'ils trouveraient d'ailleurs. Jean Ménard, l'agent de Tracfin, leur avait demandé de bien fouiller la zone du dernier étage, celui d'où était parti Darius Milo, avant d'arriver mort au rez-de-chaussée.

Au bout d'une demi-journée, les techniciens ne trouvèrent rien d'autre qu'un morceau de fil de pêche enroulé dans le treuil électrique, une preuve suffisante pour Jean Ménard. Celui-ci expliqua en effet le dispositif mis en place par le meurtrier pour éliminer le jeune trader dans d'incroyables conditions, rendant l'homicide quasiment impossible à élucider. L'assassin avait noué avec un fil de pêche, d'un nœud lâche, le manche d'un couteau. Il avait pénétré dans la cage d'ascenseur grâce à un complice qui travaillait pour la société de maintenance et avait attaché le fil au treuil électrique. Le couteau était suspendu au-dessus de l'endroit où Darius devait se tenir, marqué au sol par une petite croix. L'arme était maintenue par la tension du fil. Quand la cabine s'était translatée vers le bas, le fil avait rompu, libérant la lame qui s'était plantée dans le cou de Darius Milo, dont la tête était baissée. La lame avait été lestée de façon à prendre de la vitesse en tombant et donc à s'enfoncer profondément dans la chair de la victime.

La technique éventée, restait à trouver le coupable. Après enquête, on découvrit qu'il s'agissait de Georges Poliadeys. Le directeur général de la banque avait commis de graves infractions financières et les avait dissimulées en faisant porter le chapeau à un trader. Puis, pour plus de sécurité et pour éviter toute enquête approfondie, il avait, sur les conseils d'un complice, décidé d'assassiner le jeune homme. Le caractère impossible et mystérieux du meurtre devait détourner l'attention de la police. En fait, il avait focalisé toute celle de Jean Ménard...

TRACFIN

Tracfin, Traitement du Renseignement et Action contre les Circuits FINanciers clandestins, est une structure opérationnelle chargée de combattre le recyclage de l'argent sale. Ce service administratif relevant du ministère de l'Économie, des Finances et de l'Industrie a été créé en 1990. Il emploie soixante-treize agents et constitue à la fois une centrale de renseignements financiers et une unité spécialisée de lutte contre le blanchiment. En 2011, Tracfin a transmis à la justice cinq cents dossiers pour des montants identifiés de 370 millions d'euros. Un nombre de dossiers en hausse de plus de 20 % par rapport à l'année précédente.

Tracfin n'a pas de pouvoir d'investigation. Ses agents ne font qu'analyser les documents afin de mettre au jour d'éventuels circuits de blanchiment. Selon ses fonctionnaires, la législation française doit être optimisée pour permettre un travail plus efficace contre le blanchiment. Car aujourd'hui, pour que ce dernier soit caractérisé, la justice doit faire la preuve de l'existence d'une infraction sous-jacente. La création d'un délit objectif de blanchiment permettrait à la justice de condamner la seule mise en œuvre de dispositifs juridiques et financiers ayant pour objet d'opacifier le flux financier.

LE FJORD MALÉFIQUE

Kurt Winter n'était pas norvégien. Mais il aimait ce pays et préférait les fjords aux forêts sans fin de la Suède. Les fjords n'étaient habités que de poissons et de légendes. Les monstres n'y séjournaient plus depuis des millénaires. Kurt n'était pas norvégien, mais il était un bon policier, doué d'un esprit cognitif redoutable.

Rapidement, il avait compris ce qui s'était réellement produit le soir de la prétendue noyade de Jens Oslo. C'était son rival, Kjell Eriksson, qui l'avait assassiné, de manière particulièrement astucieuse. Kjell avait d'abord provoqué

Jens, le conduisant à se jeter dans l'eau de son propre gré. Puis il s'était éclipsé profitant de la frénésie générale induite par ce pari stupide. Kjell était allé enfiler sa combinaison de plongée et avait rapidement rejoint les parages du ponton, attendant sous l'eau que Jens plonge. Lorsque ce dernier s'était enfin décidé, Kjell l'avait agrippé avec un grappin trident, le blessant « monstrueusement » au torse, et l'avait entraîné vers les profondeurs pour le noyer. Il avait ensuite déposé le cadavre dans la grotte et était revenu dans la propriété des Oslo avec la plus grande discrétion. Pour ce faire, sans laisser de traces sur le sable de la plage, il avait utilisé un madrier. Ce madrier qui aurait dû théoriquement être enlevé la veille par l'homme d'entretien, mais que Kjell avait dissimulé dans un bosquet afin de l'utiliser le soir de l'assassinat.

Le mobile de Kjell était simple. La commercialisation du saumon transgénique de Jens allait porter un grave préjudice à son entreprise de pisciculture. Kjell savait que les associés de Jens étaient opposés aux manipulations génétiques et voulaient continuer à produire un saumon naturel. En tuant Jens, Kjell s'assurait de demeurer le leader mondial dans la production industrielle de saumons.

Le saumon transgénique

Ce saumon existe, il se nomme AquAdvantage® Salmon. Son autorisation de vente sur le marché américain ne devrait pas tarder à être validée par les autorités compétentes. Ce nouvel animal, protégé par brevet depuis 1996, a été créé par les généticiens de la société américaine AquaBounty Technologies. Ce saumon atteint une taille de commercialisation en un an et demi, soit près de deux fois plus vite que le saumon atlantique naturel. Comment les sorciers de la génétique ont-ils réussi à créer ce « saumonstre » ? Ils ont greffé deux gènes étrangers au sein de son patrimoine génétique. Le gène qui assure la production de l'hormone de croissance chez le saumon Chinook, la plus grande des cinq espèces de saumons. Et un gène assurant la production d'une protéine « antigel ». Résultat ? Un saumon transgénique doté d'une hormone de croissance dopée, et ce, tout au long de l'année, même durant les périodes hivernales, où son expression naturelle est normalement ralentie.

Un crime, trois possibilités

C'est effectivement dans le dernier opus de James Crichton, *Floride mortelle*, que fut dévoilée le véritable *modus operandi* de l'assassin d'Irina Crichton et son identité. Une vérité qui propulsa le nouveau thriller jusqu'à des sommets jamais atteints. Car le plan génial sortait du cerveau malade de James Crichton lui-même, qui, voulant se débarrasser de sa femme volage, avait concocté une incroyable mise en abîme. En défiant les trois policiers, le romancier savait que ceux-ci lui fourniraient l'alibi parfait. Il avait en effet convaincu son épouse d'incarner la victime d'un jeu de rôles et lui avait demandé de hurler comme si elle était agressée, de verrouiller la porte de l'intérieur, puis de s'asperger d'encre rouge au niveau du cou. Cette encre analysée par Wong, mais dont il n'avait su interpréter la présence.

Les trois policiers, croyant à un crime ludique, avaient constaté la mort « jouée » d'Irina avant de quitter la chambre pour inspecter le parterre paysager sous les fenêtres. Durant leur absence, James Crichton avait réellement tranché la gorge de son épouse avec un objet qu'on ne retrouva jamais. Le meurtre devenait réel, mais rien ne pouvait laisser imaginer aux trois témoins qu'Irina n'était pas déjà morte quand ils l'avaient découverte. Les trois policiers avaient seulement pensé que James Crichton était un farceur, alors qu'il était bel et bien le roi du crime loué par tous les médias.

L'ironie du sort veut que personne ne crut la version romanesque livrée par James Crichton. Et que les trois policiers furent dans l'incapacité de prouver sa culpabilité...

James Patterson

Le personnage de James Crichton est inspiré d'un romancier et scénariste réel, James Patterson. Ce dernier est l'auteur de nombreux thrillers et l'écrivain qui gagne le plus d'argent au monde. Surnommé « l'usine à livres » par le magazine américain Forbes, *Patterson a gagné quatre-vingt-quatre millions de dollars entre mai 2010 et avril 2011. Une somme colossale qui résulte des ventes de livres, de leurs adaptations cinématographiques et en jeux vidéo. Une part non négligeable des revenus de Patterson provient d'un accord entre l'auteur et le groupe Hachette. Pour un montant de cent cinquante millions de dollars, le romancier s'est engagé fin 2009 à produire dix-sept livres avant 2012. Début janvier 2012, on apprenait que Patterson avait pulvérisé un nouveau record et vendu un volume hallucinant de cinq millions de ses titres en version numérique sur Internet. James Patterson était le tout premier auteur à devenir millionnaire grâce à la vente d'ebooks, début juillet 2010, talonné par l'auteur de la trilogie* Millénium, *Stieg Larsson.*

Une balle magique

Nathan Pébat, stressé par l'échéance électorale majeure, était descendu faire de l'exercice dans la salle de sport de l'hôtel, prévue à cet effet. Avant de travailler ses abdominaux, il avait enfilé un survêtement et avait décidé de fumer une cigarette. Il avait ouvert l'une des baies vitrées coulissantes. C'était le mégot de cette cigarette que Théo Kalm avait aperçu.

Ensuite, Nathan Pébat avait essayé de refermer la baie, mais elle ne se clôturait qu'automatiquement, cinq minutes après son ouverture. Il avait donc commencé ses exercices d'échauffement, vitre ouverte. Au moment du coup de feu, il se trouvait couché sur le dos, les pieds derrière la tête.

Dans cette position, pour le moins acrobatique, le projectile était donc entré par le bas de la colonne vertébrale pour ressortir par le cœur. Les pans de la veste de survêtement tombaient sur le sol, le vêtement n'avait donc pas été transpercé. Une minute plus tard, la baie vitrée s'était refermée automatiquement, scellant hermétiquement la pièce et donnant l'illusion d'un crime impossible.

Le meurtrier n'a jamais été retrouvé. Il s'était posté sur le toit du bâtiment qui faisait face à la salle de sport, de l'autre côté de la piscine. Théo Kalm en déduisit qu'il connaissait très bien Nathan Pébat, car ce dernier avait annoncé sa décision d'arrêter de fumer devant une caméra de télévision juste avant son entrée en campagne. Mais le candidat avait menti et fumait encore en cachette.

La flamme aperçue au milieu de la piscine n'était que le reflet du coup de feu qui avait miroité dans l'eau. Quant à la douille, elle avait été éjectée avec force par le fusil de précision et était tombée dans la piscine.

Balle magique

Une telle balle a été évoquée lors de l'assassinat à Dallas du président américain John F. Kennedy, le 22 novembre 1963. La première balle aurait manqué sa cible et blessé l'oreille d'un passant qui se trouvait à côté du pont de la Plazza. La deuxième aurait porté le coup fatal à la tête de J. F. K., faisant exploser son cortex. L'ultime balle est devenue célèbre et constitue aujourd'hui l'une des plus fameuses énigmes de l'histoire des armes à feu. Elle serait entrée dans le dos du président selon un angle de dix-sept degrés vers le bas, serait remontée de façon à ressortir par l'avant du cou, en suivant une direction de la gauche vers la droite. Elle reste 1,6 seconde en suspension dans l'air et pénètre dans le corps du gouverneur du Texas John Connally par l'épaule droite. Le projectile aurait donc changé de direction, réalisant un virage à quatre-vingt-dix degrés. Ensuite, la même balle serait redescendue selon un angle de vingt-sept degrés, brisant la cinquième côte de Connally, et serait ressortie par le côté droit de la poitrine, avant de virer à droite et d'entrer à nouveau dans le corps de Connally par le poignet droit en lui brisant le radius et le tendon du pouce. La balle serait enfin ressortie du poignet en effectuant un spectaculaire demi-tour pour venir se loger dans la cuisse gauche du gouverneur Connally. Cette balle sera retrouvée intacte quelques heures plus tard sur un chariot dans un hôpital !

Un assassin qui ne manque pas d'air

Le médecin légiste infirma la thèse de l'arrêt cardiaque. Pierre Fourniaud était mort d'étouffement, par un brusque manque d'oxygène. Dans ce cas-là, le cœur fonctionne encore, pendant un petit laps de temps, mais l'air ne pénètre plus dans les poumons. Clovis lui expliqua donc sa thèse.

Selon l'inspecteur, un intrus s'était introduit dans le jardin du pavillon entre midi et 13 h 15, période durant laquelle le côté de la maison où se trouvait le conduit d'aération des toilettes était demeuré sans surveillance. Le meurtrier a alors attendu que Pierre Fourniaud se rende aux toilettes en introduisant une microcaméra par le conduit. Une fois la victime installée, il avait jeté un bateau gonflable plié par le même chemin. Et grâce à un système de gonflage automatique, le bateau s'était déployé rapidement dans le faible espace des toilettes, asphyxiant Fourniaud. Ce dernier ne pouvant hurler, il avait pendant ses quelques secondes de survie griffé le mur, avec l'énergie du désespoir.

Le meurtrier avait ensuite crevé le canot pneumatique à l'aide d'une aiguille, qui était tombée dans la cuvette. Le canot dégonflé, il l'avait tiré dehors avec une ficelle préalablement attachée au bateau. La masse molle en plastique avait traversé le conduit sans encombre. Le meurtrier était entré par la porte située au fond du jardin. Cet accès était mal surveillé, puisque Antoine lavait la voiture dans le garage et ne jetait que des coups d'œil sporadiques au jardin.

Si les documents qu'avait dissimulés Pierre Fourniaud ne furent jamais retrouvés, en revanche une action collective en justice, menée par une association de victimes, réussit à faire tomber le patron de Cervex et à apporter un éclairage médiatique sur cette affaire, embarrassant pour le pouvoir en place.

Témoin sous X

Contrairement aux pays anglo-saxons, la France ne dispose pas d'un programme de protection des témoins. Le recours aux témoins sous X a été introduit en droit français sous le gouvernement de Lionel Jospin par la loi du 15 novembre 2001. Elle autorise les témoignages anonymes pour tous les crimes et délits passibles de cinq ans d'emprisonnement, une limite abaissée à trois ans de prison par la loi Perben du 3 août 2002. Lors du procès, les témoins sous X sont désignés par des matricules, s'expriment par visioconférence depuis un lieu tenu secret, le visage et la voix brouillés. Pour bénéficier du dispositif, le témoin doit faire une demande au juge des libertés et de la détention, avec l'accord du juge ou du procureur. Le témoignage doit être, selon le code de procédure pénale, « susceptible de mettre gravement en danger la vie ou l'intégrité physique de cette personne, des membres de sa famille ou de ses proches ». En France, les témoins sous X ne bénéficient d'aucune protection policière spécifique.

Bibliographie

Robert Adey, *Locked Room Murders & Others Impossible Crimes*, Londres, Ferret Fantasy, 1979.

Roland Lacourbe, *99 Chambres closes, Guide de lecture du crime impossible*, Amiens, Encrage, 1991.

Roland Lacourbe, *John Dickson Carr, Scribe du miracle, Inventaire d'une œuvre*, Amiens, Encrage, 1998.

Michel Soupart, Philippe Fooz et Vincent Bourgeois, *Chambres closes, crimes impossibles*, Dinant, Livres sur Sambre, 1997.

Édité par Hachette Livre (43, quai de Grenelle, 75905 Paris Cedex 15)
Imprimé par GGP Media GmbH en Allemagne
pour le compte des éditions Marabout
Dépôt légal : Mai 2012
ISBN : 978-2-501-07692-0
41.0438.6
Édition 01